MONIQUE GRANDE

Illustrations de **Sonia Koch**

LES SEMEUSES

LE COURRIER DU LIVRE

27, rue des Grands-Augustins
75006 Paris

ISBN : 978-2-7029-1792-3

www.editions-tredaniel.com
info@guytredaniel.fr
www.facebook.com/editions.tredaniel
@le_courrier_du_livre

SOMMAIRE

INTRODUCTION

Enfant, je portais des robes de couturière. À chaque saison, ma mère nous amenait ma sœur et moi chez une voisine dont l'atelier regorgeait de surprises. Je me souviens de cette robe vert amande au tissu soyeux, ornée de nœuds de velours brun, de longs moments d'essayage chez cette femme aux mains d'or. Dans son atelier rempli de tissus dont les nuances claires et sombres semblaient vouloir s'entendre, elle savait faire chanter le moindre bout de chiffon. Sans doute faisait-elle partie de ces femmes talentueuses ordinaires qui ne font pas de bruit et qui réussissent à faire des merveilles avec de tout petits riens.

Des femmes talentueuses, nous en croisons plusieurs dans notre existence. Elles possèdent ce je-ne-sais-quoi qui les rend riches et abondantes même en période de pénurie. Elles sont capables de multiplier les heures à la lumière d'une chandelle pour finir un truc, une urgence, une broutille, un trésor. Pour elles, la créativité n'est pas une prédisposition extraordinaire ni même un don, mais une chose banale et presque insignifiante à leurs yeux. Si vous vous hasardez à offrir un compliment à ces femmes-là, elles vous regarderont avec des yeux surpris tant leurs pensées sont déjà occupées par leurs prochaines inventions et leurs mains impatientes d'accomplir une tâche particulière.

Nous sommes toutes des femmes créatives, mais, le plus souvent nous nous sous-estimons en étant plutôt attachées à nous critiquer et à nous restreindre. Ainsi sommes-nous nombreuses à faire de la rétention de graines, de fleurs et de fruits qui, pourtant, font si naturellement partie de nous. Nos talents sont uniques et créent mille et une diversités dans le monde. Rien à forcer, rien à négliger, juste suivre ce que l'on aime naturellement, juste écouter nos sources de plaisir. La créativité fait partie de ses lois divines qui nous poussent à nous lever le matin avec bonheur pour semer des idées au grand vent. Une bonne motivation et le fait d'avoir confiance en ses propres talents et de les exposer sans retenue sont signe de bonne santé.

Aux côtés de Sonia Koch, j'ai invité 45 Semeuses pour parler des talents féminins. Ces 45 cartes contiennent les secrets d'une vie riche de sens et montrent les chemins à emprunter pour bien utiliser le feu de nos pensées, transformer notre imaginaire en actions, semer copieusement et récolter de l'abondance. Au fil des cartes et du livre, je vous invite à monter dans le grand navire de votre créativité, à reconnaître vos talents personnels et à partir avec eux vers l'inconnu.

Plongez dans les eaux sombres du large, jetez vos restrictions et suivez le souffle de votre liberté. Désormais, il vous faut voir loin et tourner le dos à cette partie de vous qui cherche encore la perfection, la sécurité absolue, le confort ou les épaules solides d'hommes puissants. Préférez la sincérité et l'amplitude de vos motivations personnelles et laissez vos dons vous traverser. C'est le début d'une grande histoire d'amour entre vous et vous. Zoomez sur vos rêves d'enfant, rouvrez cet album secret dont vous seule possédez la clé.

Nous les femmes, nous ressentons les choses mais le monde façonné par les hommes et pour les hommes est si fou que nous finissons par taire nos perceptions subtiles. Ainsi laissons-nous notre âme à demi capturée, évitant de sentir et d'agir. Alors la perception de notre propre beauté nous reste étrangère et la beauté du monde, dont nous sommes les jardinières à part entière, demeure endommagée. À l'heure où les valeurs féminines sont de plus en plus mises en avant, profitez de cet oracle dans l'air du temps pour libérer qui vous êtes et chanter votre essentiel. En effet, qui d'autres que les femmes peuvent mieux initier le monde au féminin ? Ici, je vous propose un temps empli de délicatesse pour libérer la femme subtile qui dort en vous. Là, je fais appel à votre bâtisseuse pour agir et créer de l'inédit. Parce que c'est de ce pont dont il s'agit : passer de la femme qui a plein d'idées à la femme qui les met en actes.

Nous nous tenons à l'orée d'une époque où le féminin appelle les femmes à jouer pleinement leur rôle. Cela suppose d'avoir contracté suffisamment de pouvoir en soi pour briller de mille feux. Le féminin nous enseigne que le pouvoir des pensées a besoin de s'allier au pouvoir du cœur, l'amour étant la fréquence la plus élevée. En tant que femmes, nous avons comme devoir de prendre soin du féminin du monde en l'irriguant constamment de notre beauté et de notre créativité.

Voyez comme les peintures de Sonia Koch reflètent vos nuances singulières, écoutez comme les messages engendrent tout un bouquet de déclics. Finalement, chaque semeuse éclaire le tissage complexe et génial de votre essence et de votre personnalité.

Cet oracle magique jaillit soudain de vos rêves juste devant nos yeux grands ouverts. Il initie la réalité toujours plurielle. Il sème sur le chemin des poignées d'étoiles. Battez les cartes afin qu'elles dévoilent sans tarder leurs secrets et laissez-vous guider par le chant de la terre. Graines, fleurs, feuilles, fruits… graines, fleurs, feuilles, fruits… que de merveilles aussitôt dépendantes du geste de votre main délicate. Apprêtez-vous ! Le temps des princesses endormies est révolu. L'heure a sonné pour les femmes de croire en elles et d'agir pour réenchanter le monde.

LANCEZ-VOUS
ET SUIVEZ L'ÉLAN DES SEMEUSES !

À PROPOS DES TALENTS DES FEMMES

D'aussi loin que je me souvienne, l'art m'a toujours attirée. Le premier métier que je voulais faire était Décoratrice d'intérieur. Mais dans ma famille, le mot talent devait être tabou, le mot réussir prévalant largement. Le hasard de la vie tissa des opportunités dès que je rentrai au collège, car une professeure de musique interpella mes parents sur mes dons pour la musique. Alors je fus prise d'un grand rêve, celui de devenir pianiste concertiste. Mais mon âge et certainement quelques résistances personnelles, voire le poids du désamour familial, n'ont guère servi cette carrière-là. Je me suis donc tournée vers l'enseignement dans le Conservatoire de musique et d'art dramatique où j'avais fait mes études.

Comme j'ai aimé cette période de mon adolescence où je passais des heures et des heures par jour sur mon clavier à faire des gammes et à jouer des œuvres magnifiques. J'ai beaucoup de gratitude pour ces précieux instants, car j'ai appris le goût de l'effort, un certain attrait pour la finesse de l'interprétation et surtout un désir pur d'exprimer au mieux l'émotion musicale.

Ce que je veux transmettre avec cet oracle, c'est que le talent n'est rien s'il n'est pas lui-même cultivé. Aux côtés des Semeuses, vous serez peut-être tenté de croire que les talents vont se révéler à vous d'un seul coup d'un seul. Ils le feront peut-être. Mais une fois révélé, l'essentiel se cachera dans votre envie d'exprimer votre don, de consacrer une grande partie de votre temps à en explorer tous les contours pour le rendre vôtre puis de le partager sans compter. Trois ou quatre talents se côtoient en vous, ils se combinent parfois de manière si subtile qu'il vous faudra peut-être l'aide de la lampe d'Aladin et la lumière de toutes les étoiles pour répondre à votre fameux « Qui suis-je ? ». Cependant, vous allez découvrir combien les talents naturels viennent du plaisir de faire. Le verbe « faire » prend ici tout son sens, il induit l'action, le mouvement, la mise en route, l'exécution de quelque chose de concret. Il serait dommage de penser qu'une fois vos talents identifiés, tout sera acquis. Il n'en est rien. Aujourd'hui, ce qui vous attend relève d'un véritable engagement. Engagement à connaître vos dons, puis à les mettre en scène pour réensemencer le féminin blessé et meurtri. Ce qui vous attend n'est pas de l'ordre d'un petit tirage magique capable de changer votre destinée. Non, c'est d'un engagement fort dont il est question. Le vôtre. Le nôtre. Vers et pour le Nous.

J'ai passé vingt-cinq ans à découvrir qui je suis vraiment, et je ne pense pas tout savoir sur moi, sur mes forces comme sur mes failles. Mais ce que je sais, c'est que j'ai choisi comme mission de vie de vous éclairer, vous les femmes, pour que vous puissiez oser qui vous êtes réellement. J'ai placé dans Les Semeuses un espoir immense, l'espoir que nous nous sentions, nous les femmes, suffisamment pleines de nous-mêmes pour offrir à l'humanité de nouvelles visions, inspirantes, aimantes, éclairantes. Voyez comme nous avons besoin de savoir qui nous sommes afin d'accroître notre confiance et notre estime. Voyez comme le monde masculin envahit complètement la sphère des décisions économiques, politiques, financières, sociales, environnementales... Lors de la crise sanitaire, aucune femme n'a pris la parole. C'est donc que nous avons besoin d'aller chercher en nous le courage suffisant pour nous impliquer davantage. Car le monde créé par les hommes pour les hommes ne nous attend pas. Il court encore vers sa folie. Il nous revient de prendre notre place, par nous-mêmes et toutes ensemble. Il nous revient d'embrasser nos capacités comme un bouquet de roses rouges et flamboyantes et de dire tout haut comment nous pensons et nous créons le monde que nous voulons.

Dans ma pratique d'accompagnement, j'ai vu tant de femmes inspirées tellement incertaines, engourdies ou anesthésiées. J'ai vu tant de sœurs de cœur dont la profondeur d'âme sonne comme une formidable invitation à sortir de nos individualismes et de nos guerres. Mais voilà, nous sommes devant un mur, nous les femmes, devant une vague géante qui pourrait bien nous renverser. Pauvres petites femmes aux faibles embarcations (à lire avec une petite voix faible), pauvres petites sirènes muettes dont les jambes ont été troquées contre une queue étincelante et séduisante, mais fort handicapante il faut bien l'avouer. Non, toutes ces idées sont fausses, prenons garde à ne pas les entretenir. Nous sommes, nous les femmes, des visionnaires, des inspiratrices, des gardiennes du sens, des femmes aux seins lourds dont la nourriture est sans fin. Ne laissons pas notre lait originel s'étioler, se souiller et se réduire comme peau de chagrin. Nous portons la vie, nous sommes créatives par essence et nous sommes plus puissantes que nous le pensons. Et même s'il existe dans toute vie féminine des hauts et des bas, des moments pour nourrir notre progéniture, des moments pour chasser certains poisons de notre existence et ennoblir nos parcours douloureux, des instants pour revenir vers notre âme et vers notre amant sauvage, il y a dans notre cœur une place énorme pour notre désir d'humanité.

Le monde masculin semble nous avoir écartées de tout, sauf de la vie émotionnelle, relationnelle et spirituelle. C'est presque une chance pour nous les femmes. Ce qui nous attend est de l'ordre d'une énorme révolution des cœurs. Pour une grande partie d'entre nous, le travail intérieur est fait. Le rendez-vous est maintenant créatif. Le grand œuvre conspire avec nous pour hisser le monde vers des valeurs d'équité et de partage. J'aime à penser que nous sommes nombreuses à vouloir rejoindre les hommes le cœur plein d'amour, à reconnaître leur propre chemin, à honorer leurs avancées avec un désir ajusté de cocréer de l'inédit.

Finalement, à ce stade de votre lecture, vous pensez faire un voyage confortable aux côtés des Semeuses. Il en sera certainement ainsi. Mais pour voir la bonté vraie, les cœurs purs, les âmes fidèles et servir tout ce qui se tourne vers la vie, vous serez d'abord invitées à venir à bout de plusieurs tâches : reconnaître vos dons, les aimer, les bercer ; naviguer dans l'obscurité, chercher qui vous êtes, chercher encore ; embrasser votre vitalité, prendre des risques, décider, déclencher, entreprendre, c'est-à-dire tout tenter pour jouir de vos talents, vivre vos rêves et incarner la femme initiatrice que vous êtes.

Bien sûr, les Semeuses sont peintes et dépeintes dans les cartes de manière concrète, car je les ai voulues suffisamment accessibles et parlantes. Mais laissez-vous aussi guider par leurs qualités subtiles. Secrètement, elles émanent trois types d'énergie :

- en premier, l'énergie d'ancrage pour dynamiser votre confiance en vous-même, votre capacité à développer votre autonomie et à vous sentir pleine de vous-même (en lien avec le 1er chakra) ;
- en deuxième, l'énergie d'affirmation pour savoir dire non et vous dire oui, c'est-à-dire l'énergie de rayonnement et d'engagement à vivre qui vous êtes (en lien avec le 3e chakra) ;
- et en troisième, l'énergie d'expression qui vous aide à vous dire au monde et à marcher votre parole (en lien avec le 5e chakra).

Actuellement, les femmes sont comme « interdites » de ces types d'énergie. Le 2e chakra (sensualité et fécondité), le 4e (cœur et relation), le 6e (intuition et vision) et le 7e (guidance et universalité) sont, eux, plus développés et socialement plus acceptés, c'est-à-dire plus dans les normes dictées par la société.

Ce qui revient à dire qu'il est plus facile dans le monde d'aujourd'hui d'incarner notre part sensuelle, maternelle et délicate que d'oser plénitude, puissance et expression de notre vérité. Ce qui compte pour nous désormais, c'est de développer les centres énergétiques les plus faibles.

Maintenant, voguez, jolies dames. Je vous ai tout dit dans ce coffret. Je vous ai chanté la femme-rivière, la femme-chamane, le femme-abondante, la femme-confiante. Je vous ai conté les méandres de la personnalité, avec ses masques et ses dissimulations. Je vous ai montré le ciel azur dans lequel les nuages dessinent les courbes de l'adaptation. Sans oublier le rythme doux des saisons. À vos chemins, à vos trouvailles. Il vous appartient de confectionner vos souliers rouges cousus main. Seule avec vous-même. Seule avec votre destinée.

En réalité, vous n'êtes pas seule. Aux quatre coins de la terre, de nombreuses semeuses jardinent ensemble. Certaines sèment, plantent, récoltent pendant que d'autres aiment, dansent ou prient !

NAVIGUEZ, JOLIES DAMES, sur les eaux bleutées de vos talents. Comme il est bon de penser que votre bateau se dirige seulement là où vos yeux regardent. Comme il est bon de nous rejoindre toutes dans la grande roue solaire des Semeuses. Graines, fleurs, feuilles, fruits. Graines, fleurs, feuilles, fruits…

PRÉSENTATION DE L'ORACLE

OBJECTIF DE L'ORACLE

Cet oracle est un oracle d'exploration plutôt qu'un oracle de tirage. Cette exploration consiste à découvrir vos propres lieux de motivation qui sont au nombre de huit. Ces huit tendances sont déclinées à chaque fois sous trois visages différents, ce qui fait en tout 24 GRAINES DE TALENTS.

Le but est d'identifier vos principales tendances de motivation et de valider dans votre vie quotidienne si ces tendances représentent bien des moteurs spontanés. Notez bien que chaque tendance est déclinée en trois cartes différentes de manière à vous décrire toutes les facettes de ce talent. Lorsqu'une tendance de motivation vous parle, ce sont en réalité ses trois facettes qui vous attirent. Donc prenez soin de toujours bien explorer les trois visages d'une tendance de motivation.

Les 21 autres cartes vous permettent d'approfondir la connaissance de vos comportements.

La **Série TERRE DE CONFIANCE**, qui se compose de 4 cartes, parcourt vos zones de confiance en vous-même et dans les autres.

La **Série VENTS CONTRAIRES**, qui se compose de 6 cartes, explore vos empêchements, dont certains peuvent être conditionnés par l'attente de résultats.

La **Série QUATRE SAISONS**, qui se compose de 4 cartes, vous permet de parcourir votre rythmique créative en fonction de votre cycle de vie.

La **Série PÉPITES D'OR**, qui se compose de 6 cartes, montre comment, à partir de six critères d'adaptation, vous pouvez diminuer votre stress et vous épanouir plus naturellement.

La carte joker « Les semeuses »

À QUI S'ADRESSE CET ORACLE

Que vous soyez jeunes filles et femmes de tous âges, vous pouvez toutes trouver matière à explorer cet oracle, pour :

- amener plus de plaisir dans votre quotidien ;
- découvrir vos talents ;
- mieux vous connaître ;
- vous épanouir sur le plan personnel ;
- identifier le métier qui vous convient ;
- vous orienter ou vous réorienter professionnellement ;
- lever vos freins et vos empêchements ;
- diminuer votre niveau de stress ;
- mieux aimer tout simplement la jeune fille ou la femme que vous êtes…

COMMENT UTILISER LES CARTES

– Vous pouvez utiliser l'oracle sur un temps court, lors de prises de décisions essentielles comme une orientation scolaire, une réorientation professionnelle, un changement de vie, une nouvelle prise de poste, le développement de votre activité professionnelle…

Dans ce cas, concentrez-vous sur les points :

1. Identifier vos tendances de motivation (Série Graines de talents).
2. Lever vos freins et vos conditionnements (Série Vents contraires).
3. Développer vos capacités d'adaptation (Série Pépites d'or).

– Vous pouvez aussi utiliser la totalité de l'oracle à partir des tirages d'exploration proposés de la page… à la page… de manière à découvrir progressivement vos tendances de motivation, vos empêchements, vos niveaux de confiance en vous et dans les autres, votre rythmique créative et vos capacités d'adaptation.

– Vous pouvez également choisir une série de cartes suivant vos préoccupations du moment, notamment face aux questions suivantes :

Quels sont mes lieux de motivation spontanée ?
Sur quel talent naturel je peux m'appuyer dans telle ou telle situation ?
Dans quel secteur d'activité je peux m'orienter ?
Comment être plus efficace et plus épanouie dans mon travail ?
Quelle orientation scolaire serait bonne pour moi ?

➜ Explorez les 24 cartes GRAINES DE TALENTS

Comment réagir face à un conflit ?
Comment développer la confiance en moi ?

➜ Explorez la série TERRE DE CONFIANCE

Comment diminuer mon stress ?

➜ Explorez la série PÉPITES D'OR

Comment lever mes freins et mes empêchements ?

➜ Explorez la série VENTS CONTRAIRES

Est-ce que c'est le moment pour moi de changer de voie ?

➜ Explorez la série QUATRE SAISONS

Qui suis-je ?
Comment m'ouvrir à l'abondance ?
Comment mieux gagner ma vie ?
Comment cultiver la chance ?

➜ Explorez l'ensemble des cartes

EXEMPLES DE TIRAGES

TIRAGE DES TALENTS PERSONNELS

Les découvertes récentes dans le domaine des sciences du cerveau et des sciences du comportement nous révèlent des choses élémentaires et opératives pour identifier nos compétences et nos sources de motivation. Le principe de base est très simple :

Motivation = Plaisir = Talent = Ressource

Les neuroscientifiques ont identifié huit tendances principales de motivation spontanée, « spontané » voulant dire ici « naturel », « sans conditionnement ».

La phrase clé de la motivation spontanée est :

J'aime faire !

Derrière « J'aime faire ! » se cache toute une diversité de tendances et de talents. C'est par le mélange des tendances que chaque individu possède une personnalité unique. Nous portons 2, 3 ou 4 tendances en nous, avec souvent une tendance forte qui ressort nettement.

Dans cet oracle, chaque domaine de motivation spontanée est décliné en trois cartes différentes, ce qui fait 24 cartes de motivation spontanée en tout, nommées ici Graines de talents.

Les talents imagés dans ses 24 cartes correspondent aux valeurs que vous avez envie de développer et qui vous apportent le plus de satisfaction. Les Graines de talents vous montrent donc vos axes d'épanouissement personnel, le potentiel dont vous disposez naturellement et qui vous donne accès à votre propre bonheur. Sans ces dons-là, vous vous sentiriez pauvre et démunie pour exprimer qui vous êtes.

Ce qui est motivant pour certaines et démotivant pour d'autres. Par exemple, la Carte de La Challengeuse liée aux défis, aux challenges et à l'envie de performance n'a rien à voir avec la pression. Certaines personnes vont aimer les défis et aimeront être performantes là où d'autres détesteront ce genre de motivation.

Chez nous les femmes, identifier nos talents personnels représente un pas essentiel puisque dans l'histoire collective, nous avons été beaucoup contraintes et empêchées. Ces conditionnements nous détournent de notre potentiel spontané, nous empêchent de concrétiser nos rêves et d'explorer toute notre créativité. Pour identifier nos vrais talents, le premier pas consiste à retrouver le plaisir de faire.

Il existe trois moyens d'identifier vos talents spontanés :

1. Le premier est de demander à vos amis quels talents ils voient chez vous. C'est un mode très simple et très utile, car nous voyons mieux les talents chez les autres que chez nous.
2. Le deuxième est de regarder vos motivations dans vos loisirs. Par exemple, participer à des compétitions n'a pas la même source de motivation que celle qui vous invite à rester chez vous en famille avec vos enfants et votre conjoint autour d'un jeu de société. Pour trouver facilement vos talents, regardez ce que vous aimez faire pour vous ressourcer. De manière spontanée, ce qui vous fait plaisir et ce qui vous recharge vous

révèlent facilement ce qui vous motive dans la vie.

3. Le Tirage des Talents personnels est enfin un moyen simple et direct d'identifier votre potentiel et de prendre réellement conscience de toutes ses facettes. Il vous donne l'occasion de revitaliser votre propre énergie et de revenir aux valeurs et aux motivations qui, tout simplement, vous font du bien.

EXEMPLES DE TIRAGE

Utilisez pour ce tirage les 24 cartes Graines de talents. Puis classez-les par séries de 3 cartes, série 1 avec les cartes 1, 2 et 3. Puis la série 2 avec les cartes 4, 5 et 6… Vous obtiendrez 8 séries de 3 cartes. Pour ce classement, vous pouvez vous aider du code couleur des cartes et de la table des matières.

Maintenant, trois options s'offrent à vous pour identifier vos talents.

Option 1

Étalez toutes les cartes devant vous trois par trois, face cachée. Puis placez la première série face visible. Contemplez les dessins de chaque carte et répondez à ces trois questions :

Qu'est-ce que la carte raconte ?

Qu'est-ce que vous ressentez face à cette carte ?

En quoi cette carte vous ressemble-t-elle ?

Continuez avec chaque série de 3 cartes, les 3 cartes illustrant à chaque fois les 3 facettes d'un même talent. L'idée est de repérer 2, 3 ou 4 séries qui vous attirent et qui vous ressemblent particulièrement. Si vous le pouvez, identifiez une tendance forte (c'est-à-dire les 3 facettes d'une même série de Graines de talents) qui représente pour vous ce qui vous a motivée de manière constante dans votre vie.

La dernière étape de cette exploration consiste à observer les talents que vous avez reconnus dans votre vie quotidienne, de manière à les valider. Vous pouvez refaire ce tirage de talents plusieurs fois pour confirmer vos découvertes sur vous-même.

Option 2

Étalez les 24 cartes Graines de talents sans vous soucier des séries, face cachée. Tirez au hasard une carte, puis une autre, puis encore une autre. Reprenez les tirages quelques jours plus tard, de manière à avoir exploré les 24 cartes et leurs messages en entier. Puis prenez un temps pour replacer toutes les cartes devant vous face visible et choisissez consciemment 10 à 16 cartes qui vous attirent particulièrement parce qu'elles parlent de vous. Prenez le temps de ressentir les bienfaits de cette exploration.

La dernière étape de cette exploration consiste à observer ces mêmes talents dans votre vie quotidienne, de manière à les valider. Vous pouvez refaire ce tirage de talents plusieurs fois pour confirmer vos découvertes sur vous-même.

Options 3

Utilisez l'option 1 ou 2 de manière à identifier vos talents grâce aux cartes de l'oracle.

Déroulez mentalement votre vie en regardant spécifiquement les moments où vous avez utilisé tel ou tel talent avec bonheur et spontanéité. Vous pouvez vous aider en prenant des notes sur un carnet.

Observez maintenant vos passe-temps favoris, vos loisirs, ce que vous aimez faire naturellement pour vous ressourcer.

Comparez maintenant ces trois sources de données : les cartes qui vous attirent particulièrement, les cartes liées aux moments forts et cartes en lien avec vos loisirs. Votre exploration sera d'autant plus pertinente si ces données concordent et identifient les mêmes sources de motivation.

Identifiez vos talents vous permet de : mieux assumer qui vous êtes, savourer qui vous êtes, exprimer qui vous êtes, faire de belles rencontres, avoir une vie sociale riche et épanouissante, participer à des projets de société, exercer un métier qui vous plaît, gagner confortablement votre vie, vous rendre la vie facile, alléger votre stress… bref vous épanouir personnellement et avec les autres.

Rappelez-vous :

– les talents liés à vos motivations naturelles et spontanées sont source d'épanouissement (J'aime faire) ;
– les talents liés à vos conditionnements sont sources de stress et de démotivation (je dois faire, il faut que je fasse)

À noter que, chez celles d'entre vous qui ont vécu une enfance ou une adolescence trop rigide ou trop régentée, avec beaucoup de jugement, d'ordre, de pression ou d'interdiction, les talents spontanés sont parfois difficiles à identifier et à mettre au grand jour. Un travail spécifique avec un coach qualifié peut favoriser l'émergence de ces talents cachés et la prise de conscience de notre potentiel. Il y a également matière dans cet oracle à découvrir vos facettes cachées et vos conditionnements (voir *Tirage de la Liberté*).

TIRAGE DE LA LIBERTÉ

Pour être une femme libre et créative, lever les conditionnements s'avère être essentiel. De par l'histoire collective, les conditionnements éducatifs et sociaux sont plus forts chez les femmes que chez les hommes. Quand la vie nous écrase et quand le poids de la souffrance devient trop lourd, le Tirage de la Liberté nous aide à identifier quel rêve nous portons en nous et ce que nous pouvons faire pour que ce rêve se réalise.

La **série GRAINES DE TALENTS** met en valeur vos motivations spontanées et durables. Elle dépeint des comportements et des attitudes que vous adoptez pour le plaisir de faire, indépendamment du résultat ou de la reconnaissance que vous pourriez obtenir.

Motivation spontanée = Motivation durable
= J'aime faire = Cela me ressource.

La **série VENTS CONTRAIRES** exprime dans quelle mesure vous adoptez des comportements et des attitudes pour le plaisir d'obtenir des résultats ou de gagner de la reconnaissance sociale. En conséquence, vous pouvez avoir tendance à surenchérir ses comportements, à agir avec exigence ou à ne pas supporter l'absence de ces attitudes. Vous pouvez adopter des comportements qui génèrent de l'anxiété, de l'insatisfaction…

Motivation conditionnelle = Je fais pour obtenir du résultat ou de la reconnaissance.

Surinvestissement émotionnel = J'adore mais j'ai peur d'échouer et de ne pas en faire assez.

Vous pouvez également ressentir de l'aversion vis-à-vis de certaines attitudes en évitant d'être confrontée à certaines situations.

Aversion = Je ne fais pas, car cela m'insupporte et je déteste y être confrontée.

En vous aidant à être vous-même et à vous réaliser, le *Tirage de la Liberté* peut ressembler à une voie miraculeuse, notamment pour :

– mieux comprendre l'origine de vos conditionnements et là où ils deviennent sources de stress, voire de déconvenues ou d'échecs ;
– mieux exprimer vos motivations spontanées plutôt que vos motivations conditionnées ;
– passer à l'action en étant plus concrète ;
– reconnaître votre potentiel et lever vos empêchements ;
– passer du mode stress au mode plaisir ;
– passer du mode survie au mode créatif.

LE TIRAGE

Étalez les six cartes de la **série VENTS CONTRAIRES** faces visibles. Choisir une carte qui vous attire particulièrement. Formulez à haute voix, ce que vous voyez sur cette carte, ce que vous ressentez en la regardant, puis en quoi cette carte vous ressemble.

Lisez ensuite le message qui lui correspond en prenant le temps de bien en comprendre la motivation conditionnée.

Faites de même avec les autres cartes de cette série de manière à identifier quel comportement vous avez tendance à adopter dans votre vie quotidienne.

Choisissez une carte qui vous ressemble particulièrement et choisissez une carte de la série Graines de talents qui va représenter en quelque sorte l'antidote à votre Vent Contraire.

Votre liberté se cache dans ces deux cartes :

Le comportement conditionné afin d'identifier là où il agit comme un poison dans votre quotidien.

Votre carte de talent qui est une source de liberté parce qu'elle peut agir comme un antidote à votre comportement conditionné.

TIRAGE DES QUATRE SAISONS

Étalez les quatre cartes de la **série QUATRE SAISONS** faces cachées.

Choisissez une carte au hasard.

Formulez à haute voix, ce que vous voyez sur cette carte, ce que vous ressentez en la regardant, puis en quoi cette carte vous ressemble.

Lisez ensuite le message qui lui correspond.

Pour finir, étalez les quatre cartes saisonnières devant vous, faces visibles. Puis prenez le temps de ressentir comment s'inscrit la carte que vous avez tirée précédemment dans ce grand cycle des saisons à partir des questions suivantes :

Si la carte de La Graine juvénile vous attire, elle vous parle du printemps. La question est : qu'est-ce que je peux démarrer dans ma vie dès maintenant ?

Si la carte des Fruits mûrs vous attire, elle vous parle de l'été. La question est : quel projet puis-je mener à terme dans ma vie actuellement ?

Si la carte de La Récolte automnale vous séduit, elle évoque pour vous l'automne. La question est : quelle récolte puis-je faire actuellement dans ma vie ?

Si la carte Le Fil de soie vous attire, elle vous parle de l'hiver. La question est : quelle forme de repos inspirant puis-je savourer dans ma vie, là, maintenant ?

Prenez maintenant l'engagement correspondant à votre saison actuelle, l'engagement qui s'impose à vous dans l'instant présent à travers une phrase forte :

– Je démarre… (printemps)
– Je vais jusqu'au bout de… (été)
– Je récolte l'abondance à laquelle j'ai droit… (automne)
– Je m'accorde telle ou telle chose… pour me reposer et reprendre des forces (hiver)

TIRAGE DE LA PROVIDENCE

La confiance en soi et dans l'autre permet de défendre vos droits, de poser vos limites, d'exprimer vos ressentis et vos convictions de manière sincère, sans agressivité ni peur. La confiance permet également de respecter les droits, pensées, sentiments et convictions des autres personnes.

Lorsque vous avez confiance en vous, vous pouvez agir au mieux de vos intérêts et des intérêts des autres, dans une attitude spontanément « gagnant-gagnant ». Vous êtes en mesure d'accepter ou de refuser en toute conscience une demande en assumant toutes les conséquences de votre positionnement. Vous communiquez et vous négociez sans chercher à manipuler ou à intimider l'autre, sans vous laisser non plus être manipulée ou intimidée.

Quand la confiance est là, la chance n'est donc pas loin.

Le Tirage de la Providence se fait en deux temps à partir de la série TERRE DE CONFIANCE.

1er temps avec les cartes *L'Enfant du beau temps* et *La Fillette effarouchée*

Explorez les deux cartes, faces visibles. Nommez tout fort ce que vous voyez sur chaque carte, ce que vous ressentez, en quoi cette carte vous ressemble. Puis les messages respectifs dans le livre.

– Identifiez votre tendance :

– j'ai plutôt confiance en moi ;

– je ressens plutôt un manque de confiance en moi.

2e temps avec les cartes *La Demoiselle aux cheveux d'ange* et *La Statue de pierre*

Explorez les deux cartes, faces visibles. Nommez tout fort ce que vous voyez sur chaque carte, ce que vous ressentez, en quoi cette carte vous ressemble. Puis les messages respectifs dans le livre.

– Identifiez votre tendance :

– j'ai plutôt confiance dans les autres ;

– je ressens plutôt un manque de confiance dans les autres.

Pour identifier vos deux tendances, confiance en soi ou pas, confiance dans les autres ou pas, référez-vous à votre vie quotidienne, à des événements forts au cours desquels vous avez ressenti de la dominance en vous ou face à vous, de la soumission en vous ou face à vous, une tendance à la marginalité en vous ou chez les autres, une tendance à l'axialité, chez vous ou chez les autres.

L'idée du tirage est d'apprendre à bouger le curseur, trop de dominance nuit à la relation, trop de soumission nuit à votre épanouissement et à votre bien-être, trop de marginalité et de méfiance vis-à-vis des autres vous isolent, trop d'axialité est source de naïveté et de rêverie… L'équilibre du curseur se trouve au milieu :

Affirmation de soi, sans dominance ni soumission
+
Intégration dans un groupe, sans isolement et sans crédulité excessive
=
Confiance en nos pas

TIRAGE DES PÉPITES D'OR

Ce Tirage se fait à partir de la **série PÉPITES D'OR**.

Placez les six cartes de cette série, faces cachées.

Pensez à une situation de votre vie personnelle ou professionnelle dans laquelle vous vous sentez en difficulté ou en stress. Décrivez à haute voix pourquoi vous percevez cette situation comme négative et stressante.

Tirez une carte parmi les six placées devant vous. Puis, lisez le message de la carte.

Maintenant, mettez votre situation de stress en perspective en travaillant sur le critère spécifique de la carte que vous avez choisie, par exemple :

- Plus de fluidité mentale avec la carte de *L'Onde cristalline*
- Plus de rationalité avec la carte du *Sixième Sens*
- Plus de capacité à nuancer les choses avec la carte de *La Perception colorée*
- Plus de curiosité avec la carte d'*Un Brin d'exotisme*
- Une manière de mieux relativiser les situations avec la carte de *La Vision relative*
- Plus d'opinions personnelles avec la carte *Le Goût pour l'or*

L'idée est d'entraîner votre cerveau à percevoir la situation sous un autre angle, de multiplier vos points de vue, de sortir de votre regard figé.

Vous pouvez explorer ainsi les six cartes de cette série en prenant, à chaque fois, des situations différentes que vous mettrez en perspective pour cultiver la prise de recul.

TIRAGE DE LA VOIE ROYALE

Étalez les 6 séries de l'oracle en 6 piles distinctes – en suivant l'ordre indiqué dans la table des matières –, faces cachées, et choisissez dans chaque série une carte au hasard. Placez vos cartes de la gauche vers la droite, la première que vous avez tirée à gauche, puis successivement jusqu'à placer la dernière carte à votre droite.

Votre voie royale est donc étalée devant vous.

1. La 1re carte représente un lieu de motivation particulier, un don, une tendance, un talent.

2. La 2e carte représente votre niveau de confiance en soi ou en l'autre.

3. La 3e carte représente vos empêchements, vos freins, vos conditionnements.

4. La 4e carte représente la phase du cycle de créativité dans lequel vous êtes en ce moment.

5. La 5e carte représente comment vous pouvez gagner en adaptation et prise de recul.

6. La 6e carte est la carte des *Semeuses*.

— Contemplez chacune des cartes.

— Lisez leur message.

— Dites en quoi ces cartes vous ressemblent ?

Prenez un temps pour ressentir comment ce tirage résonne en vous. Prenez ensuite le temps d'identifier la graine que vous souhaitez semer en ce moment dans votre vie ?

Munissez-vous d'un crayon et d'un carnet. Écrivez votre légende personnelle, une sorte de conte thérapeutique, en commençant par :

« Il était une fois + votre prénom… Et nommer trois déclics que vous avez saisis dans votre tirage. Utilisez-les dans votre conte comme des moments clés de votre histoire personnelle. Terminez votre légende avec une vision large et claire de ce que vous voulez vivre maintenant dans votre vie. Aidez-vous des Semeuses pour terminer votre conte par un engagement fort.

EXPLORATION DES 45 CARTES

GRAINES DE TALENTS

AU COURS DE L'HISTOIRE, FEMME ET INVENTION ont été rarement associées, si bien que le culte de la restriction féminine a toujours existé. Héritières d'une puissance méconnue assimilée à du négatif, les femmes vues comme des sorcières ont été brûlées vives sur les bûchers. Pourtant lumineuses, messagères, guérisseuses et gardiennes de l'amour et de la paix dans le monde, les femmes voient encore de nos jours leur grandeur assimilée à de la prétention. D'ailleurs, quand une femme est prise de fièvre créative et qu'elle s'expose, la société pense tout bas : « Elle fait la maligne, mais pour qui elle se prend ! » Néanmoins, de nombreux brevets déposés par des femmes indiquent une présence féminine constante dans le paysage de l'invention technique et de l'entrepreneuriat. En France, les registres de l'Institut national de la propriété intellectuelle attestent de la vitalité des femmes créatives.

De nombreuses femmes paraissent persuadées qu'elles n'ont pas de talents. Certaines croyances les obligent à rester dans l'ombre, à amoindrir leurs compétences ou même à les nier complètement. Les stéréotypes féminins et masculins et les conditionnements auxquels elles semblent obéir réclament de se pencher sur le génie féminin d'une manière singulière afin de leur transmettre des clés concrètes pour booster l'expression de leurs prédispositions. Eh bien, voici une bonne nouvelle puisque cet oracle vient justement se pencher sur votre génie de femme.

Dans cette SÉRIE **GRAINES DE TALENTS**, vous découvrirez huit tendances de motivation spontanée chacune déclinée en trois facettes. Ces graines sont universelles, chaque femme en dispose naturellement et les tisse à sa manière pour être unique. C'est le poids de l'éducation familiale, sociale, culturelle ou religieuse qui impacte vos tendances spontanées. Plus vous identifiez et vous exprimez ces tendances, plus vous êtes dans le plaisir et l'épanouissement. Plus vous vous en éloignez, plus vous êtes conditionnée et stressée.

LES 24 CARTES **GRAINES DE TALENTS**

1. **La Sereine**

2. **La Positive**

3. **La Chamane**

4. **La Visionnaire**

5. **La Responsable**

6. **La Pionnère**

7. **La Femme libre**

8. **La Voyageuse**

9. **L'Artiste**

10. **La Gardienne**

11. **La Concrète**

12. **La Gérante**

13. **La Leader**

14. **La Guide**

15. **La Mécène**

16. **La Championne**

17. **La Challengeuse**

18. **La Brillante**

19. **L'Affective**

20. **La Collaboratrice**

21. **L'Harmonisatrice**

22. **La Fusionnelle**

23. **L'Altruiste**

24. **L'Interdépendante**

L'exploration des 24 cartes Graines de Talents est donc une voie précieuse pour découvrir qui vous êtes fondamentalement et comment exploiter tout votre potentiel .

1. LA SEREINE

L'ESPRIT DE LA CARTE

Voyez cette femme assise au calme, observez la manière dont elle prend du temps pour elle et pour se reposer. La société valorise tant l'action que nous sommes devenues, nous les femmes, des amazones totalement éloignées de notre féminin. L'esprit de tranquillité et de paix habite cette carte aux couleurs champêtres, les esprits de la nature et des animaux y installent un cocon de détente.

Cette carte mérite toute votre attention. Elle apporte un soin particulier au moment présent et vous encourage à abandonner vos combats futiles. Pour peu que vous suiviez son message, sa sérénité peut devenir une qualité à fleur de peau et vibrer aussi subtilement qu'un simple paysage contemplé silencieusement. La sérénité des collines, la clémence d'un climat, la fertilité d'une terre évoquent cet état du temps qui passe, sans encombre, sans nuages et sans heurt.

La Sereine possède sans doute ce titre honorifique donné à certaines reines ou princesses dont l'état d'âme demeure exempt d'agitation. Par sa sagesse et son expérience, elle se tient loin des troubles de l'existence. Elle a accès à son monde intérieur et son côté philosophe lui confère une plénitude de l'âme, du cœur et de l'esprit. Son regard dévoile une intelligence raffinée faite d'indépendance d'esprit et d'objectivité, et de son langage émane une sorte de divine quiétude. La Sereine n'est pas une personne impassible, sa patience et sa douceur donnent immédiatement confiance.

LE TALENT EN QUESTION

Dans notre monde toujours en action, cultiver l'immobilité représente un art difficile. Pour votre Sereine, le culte de la performance ne peut mener qu'à la superficialité et à l'essoufflement de l'âme. Une voix calme et silencieuse paraît indispensable à la réflexion et à la création. C'est pourquoi les femmes sereines s'expriment dans un langage qui semble si souvent inconnu ou lointain.
Si vous aimez vivre sereinement, faire votre petit marché en remplissant votre panier de miel, de fromage de chèvre et de tout ce qui se déguste tranquillement sur la terrasse ombragée de votre chez-vous, le talent exprimé dans cette carte doit certainement vous parler. Vous êtes plutôt une bonne vivante et à vous regarder de près, vous respirez le bon air et la paix. Nourrir votre âme et l'âme des personnes que vous côtoyez à partir de votre sentiment de quiétude représente peut-être votre tendance forte. Votre plus grand plaisir est celui du moment présent.

LE GÉNIE EN ACTION

Vous vous reconnaissez dans cette carte ? Cherchez comment mieux faire vibrer votre talent de femme sereine, car si ce talent parle de vous, vous êtes une personne ressource. Vous êtes douée pour tout ce qui touche à la nature et à l'humain. Vous pouvez enseigner les arts martiaux, la méditation, le tai-chi, le qi gong, la relaxation… Votre capacité de vacuité représente un talent inégalable dans tout ce qui touche au mieux-être et à la prise de recul.

2. LA POSITIVE

L'ESPRIT DE LA CARTE

Imaginez la terre peuplée de gens alarmistes et défaitistes, incapables de croire à la beauté de l'humanité. Comment ferions-nous dans ce monde-là, nous les hommes et les femmes, pour aimer la vie et semer amour et abondance ? Maintenant, imaginez l'inverse, une terre remplie de gens positifs dont la foi inébranlable peut soulever des montagnes et créer un univers à leur image. Ce rêve est bien plus attractif, n'est-ce pas ?

Voyez cette femme assise sur les balcons du monde, sa joie communicative est comme un billet doux pour notre cœur, et son sourire semble illuminer la planète tout entière. Comme elle, voir les choses de manière positive permet de plonger dans l'existence et de boire tout son saoul, sans craindre l'eau glacée des torrents ou les rayons torrides de l'été. Parce que choisir le négatif, n'est-ce pas un peu mourir ?

Avoir une vision lumineuse des êtres qui nous entourent et de tout ce qui nous arrive représente un don précieux. Les personnes possédant ce talent ont conscience que le bonheur réside dans notre état d'esprit. Elles savent purifier leur mental et libérer leur trop-plein d'émotions afin que l'adversité n'altère pas leur gaieté naturelle.

LE TALENT EN QUESTION

Beauté, paix, abondance, amour sont les mots auxquels nous aimons croire naturellement. La Positive aime cultiver les perles de l'existence, et la vie représente pour elle une chance à chérir. Les bons et mauvais moments sont une vague scintillante sur laquelle elle surfe avec aisance tant son état d'esprit demeure au beau fixe. Sans doute préfère-t-elle la prise de recul et l'optimisme aux attitudes guerrières et trop passionnées. C'est dans cette bonne humeur que réside son principal atout.

Nous aimons écouter, sentir, ressentir, évaluer, dédramatiser, relativiser… Que ferions-nous sans la légèreté et l'insouciance de ce talent ? Et qu'elles sont délicieuses nos petites phrases qui transforment si bien le lourd en léger !

Si tous ces plaisirs simples parlent de vous, laissez-vous glisser dans l'existence. Votre optimisme naturel guide vos pas et vous fait tendre l'oreille vers le chuchotement de la vie qui murmure sans cesse : « Tout va bien. » Et c'est dans ce « Tout va bien » que réside votre génie.

LE GÉNIE EN ACTION

Vous vous reconnaissez dans cette carte ? Quittez le monde déraisonnable pour faire vibrer votre don de femme positive. Vous êtes dotée d'un talent magnifique qui aide les autres à prendre du recul sur les vicissitudes de l'existence. Optez pour cette motivation essentielle à voir le verre à moitié plein plutôt qu'à moitié vide. Vous détenez la capacité à booster le capital bonheur de bien des gens. La Positive attend votre adhésion, serez-vous au rendez-vous ?

Si ce talent exprime une part de vous, vous êtes une personne ressource et vous possédez des clés précieuses pour éviter les débordements de colère ou de pessimisme. Votre capacité à dédramatiser les situations, votre souplesse naturelle et votre bon état d'esprit vous prédisposent à exercer dans le domaine de la psychologie et du coaching. Patience, calme et ouverture sont les maîtres mots de votre existence.

2. LA CHAMANE

L'ESPRIT DE LA CARTE

Voici une femme à la chevelure rousse prête à nous initier aux pouvoirs de la nature. Sa maison est en bois, sa jupe et ses souliers sont faits main. Assise à même la terre, elle semble écouter le chant des fleurs et paraît converser avec les animaux sauvages. Elle sait que ses dons de chamane résident dans l'air pur qu'elle respire et dans les tomates écarlates qu'elle cultive à longueur de journée.

Parfois La Chamane souffle fort comme pour chasser les bizarreries du monde. Parfois elle envoie à la lune une brise délicate en lui racontant toute la poésie des êtres qu'elle rencontre sur sa route. La Chamane affectionne particulièrement la simplicité et l'authenticité, elle n'a que faire des choses superficielles. C'est dans le lien avec les esprits de la nature, la présence à soi-même et la connexion spirituelle que réside sa grandeur.

LE TALENT EN QUESTION

Le mot chaman est souvent associé aux pouvoirs de guérison des hommes, notamment en Amazonie, en Mongolie, aux Philippines ou à Bali. Dans les cultures ancestrales,

les femmes chamanes sont elles aussi des femmes sages, des thérapeutes, des guérisseuses ou des voyantes. Elles arborent des parures et des pratiques secrètes, élaborent certains rituels, guérissent avec les plantes ou utilisent directement leur force psychique pour enseigner ou conseiller. Les aptitudes des chamanes sont multiples : perception extrasensorielle, télépathie, vision à de grandes distances, reliance avec l'au-delà… Dans le monde moderne, le chamanisme a acquis une certaine popularité. De nombreux citadins en recherche d'expériences mystiques ou simplement en quête de retour aux sources empruntent aujourd'hui la voie chamanique. Mais La Chamane nous montre ici un chemin bien plus ordinaire, empli de tendresse, de beauté et de sagesse. Elle aime honorer le féminin blessé et sacraliser ce qui s'est perdu au fil du temps.

Le talent de La Chamane nous donne une perception holistique de la nature et de la vie et nous pousse à défendre avec ferveur toutes les richesses qui nous entourent : faune, flore, droits de tous, hommes, femmes et enfants, ainsi que toutes les causes appelant à être défendues. Parce qu'elle sait être une femme tendre, moelleuse, sensible, mais aussi rayonnante, active, tenace, elle est par nature la femme initiatrice.

Du plus profond de votre mémoire, vous connaissez votre amour pour les rivières, les forêts et les champs de blé. Vous mangez sainement, voire cru ou végan, vous portez attention à votre ligne ou vous êtes carrément épicurienne. Si je vous parle du silence et de l'harmonie suspendus à l'ombre des lectures, vous vous reconnaissez d'emblée. Si je vous décris les couleurs chatoyantes des arbustes en automne, vous vous sentez appelée. Suivez La Chamane au cœur large et écoutez son chant profond, elle vous parle peut-être de votre vrai dessein : vous engager.

LE GÉNIE EN ACTION

Si le terme féminin sacré vous parle, les traces de La Chamane vous sont certainement familières. Vous savez contacter en silence votre monde intérieur. Vous affectionnez les colliers de perles et de plumes et sous vos doigts, les instruments de musique égrènent le temps en de sublimes ondes cristallines. Le génie de cette femme est peut-être le miroir fidèle de l'un de vos talents innés. Vous êtes sans doute plus « sorcière » que vous le pensez et votre âme de terrienne vous confère des capacités immenses : observer, contempler, cultiver, célébrer… À la fois protégée dans votre antre caché au fond des bois et personne ressource au milieu de monde, vous avez tout d'une chamane des villes.

Vous défendez l'environnement, la biodiversité ou une cause urgente à vos yeux. Vos dons vous portent également vers l'agriculture, la gastronomie, l'œnologie… Vous êtes vétérinaire, bonne cuisinière, mais aussi naturopathe, homéopathe, fleuriste, herboriste… Vous aimez vous occuper du corps et de l'âme. Vous fabriquez des huiles essentielles, des parfums, des onguents, des élixirs. La psychanalyse et la psychothérapie vous attirent également. Avec votre bon état d'esprit et votre simplicité sociale, vous êtes une fine psychologue, particulièrement douée dans le domaine des relations humaines.

4. LA VISIONNAIRE

L'ESPRIT DE LA CARTE

La femme visionnaire voit loin. Sa vision pénètre l'invisible, sa pensée est vaste et ses idées sont clairvoyantes. Voyez comme son beau visage, ses cheveux au vent et ses yeux bleutés nous interpellent et nous parlent de grandeur. Tout semble dit dans son regard attentif. Derrière elle, on aperçoit une falaise, puis au large la mer et les mouettes qui volent dans un ciel couleur azur. Dans la vastitude de cet espace comme dans un endroit minuscule, la pensée de La Visionnaire demeure toujours ample et large.

Sentez combien cette image peut être inspirante et comme elle peut nous porter loin. Il s'agit ici de se décoller des restrictions et de tout ce qui en nous voit petit, compliqué et irréalisable. Avoir quelques graines d'utopie nous aide parfois à réduire nos limitations. Suivre les yeux intuitifs de La Visionnaire ouvre un beau chemin de liberté dont vous pouvez avoir besoin dans des moments phares de votre existence. Sentez votre intuition comme une force et libérez votre lumière. Préparez-vous à vous lover sous un ciel constellé d'étoiles ou sous la bruine limpide d'une cascade, jusqu'à faire évoluer votre regard loin, très loin, là où votre inspiration sèmera des myriades de possibles. Par une perception claire de votre essence divine, l'intuition devient votre guide permanent et vous permet d'accéder à la beauté du monde, à la beauté des autres et à votre propre beauté. La voie de l'invisible vous dévoile l'essence des choses.

LE TALENT EN QUESTION

L'évocation marine de cette carte laisse à penser que La Visionnaire a la capacité de voir au-delà des apparences, de comprendre les choses par intuition et d'être une inspiratrice hors pair. Elle possède en parallèle un esprit logique qui lui permet de traiter de grands sujets avec profondeur et abstraction. Son goût aigu pour comprendre plutôt que de faire lui confère un mental vif et pénétrant. Être dans cet état de vigilance mentale pour ensuite théoriser, modéliser ou créer des concepts vibre pour La Visionnaire comme un joyeux champ d'épanouissement.

LE GÉNIE EN ACTION

Possédant une vision globale des systèmes et une faculté à les modéliser, vous aimez conceptualiser, innover, inventer. Vous vous tournez volontiers vers la recherche scientifique ou technologique. Vous prenez le temps de comprendre avant d'agir et vous savez apporter des solutions innovantes aux problèmes, concevant à la fois l'application et la mise en œuvre. Cherchant à dépasser les apparences, vous avec peu d'ambition sociale ou d'image à défendre, car cela vous paraît futile.

Votre goût pour l'innovation vous emmène dans des contrées singulières dans lesquelles votre vision globale semble pénétrer la complexité des choses. Votre don inné pour la réflexion et l'innovation facilite tout ce qui a trait à la conceptualisation. Vous évoluez dans le milieu de la philosophie, de l'histoire, des sciences et des techniques interdisciplinaires.

5. LA RESPONSABLE

L'ESPRIT DE LA CARTE

Cette femme qui tient dans ses mains la planète Terre arbore un visage doux et attentionné. Avec ses champs, ses arbres, ses villes et ses fleurs, elle nous montre combien notre environnement est précieux et comment nous pouvons en prendre soin. C'est parce qu'elle se sent particulièrement responsable de son environnement, de son travail et de son entourage, que La Responsable est active dans son refus de voir la planète s'effondrer tristement.

En effet, comment se sentir à l'aise face à notre monde si rapide, si complexe et si fou. Le climat s'emballe, les inégalités s'accentuent, la nature est de plus en plus reniée et bafouée… Comme il serait facile de sombrer dans la morosité générale. Cette femme, elle, fait face. Avec son sens aigu des responsabilités et ses dons d'anticipation, elle s'implique, elle instruit, elle innove, elle crée.

LE TALENT EN QUESTION

Les personnes responsables sont facilement attirées par les grands projets d'intérêt général. Elles aiment réfléchir sur tout ce qui représente une source inépuisable de questionnements. Cohérentes, claires et structurées dans leur manière d'aborder les questions, ce sont des femmes sérieuses qui aiment anticiper, prévoir et apporter des solutions aux problèmes.

Le talent évoqué dans cette carte vous pousse à être ingénieuse tout en étant rationnelle. Votre respect des autres et de la vie en général vous rend efficiente dans la défense de la faune et de la flore, l'écologie en général, les filières bio et tous les grands sujets que vous aimez traiter avec logique et profondeur.

LE GÉNIE EN ACTION

Tout ce qui touche à l'abstraction, la théorisation et la modélisation vous attire. Vous aimez comprendre plus que faire. Votre goût pour les sciences et les techniques vous prédestine à travailler dans les milieux de la recherche et de l'innovation. Votre implication sans faille peut vous amener à exercer des responsabilités élevées que vous aimez assumer avec rigueur.

Vous pouvez aussi être innovante dans la matière qui est la vôtre avec une qualité tout à fait spéciale, originale et ingénieuse. Vous portez en arrière-plan de vos pensées, une foule de propositions qui, sans cesse, vous pousse à apporter votre contribution personnelle face aux grandes problématiques de la société. Tous les domaines d'intérêt public vous intéressent : enseignement, sciences humaines, domaine artistique, communication, santé, action sociale, industrie… pourvu que votre sens des responsabilités et de l'innovation soit opératif.

6. LA PIONNIÈRE

L'ESPRIT DE LA CARTE

Bravant l'adversité, se jouant des pièges et refusant les idées reçues, les femmes pionnières réussissent à s'imposer par leur seul talent et leur inaltérable audace. Voici plusieurs portraits de ces pionnières qui ont ouvert la voie aux autres. L'histoire n'a que très rarement retenu leurs noms : Mme Decourcelle, première femme-taxi ayant eu ses deux diplômes de cochère et de chausseuse de taxi à Paris en 1908. Olympe de Gouges, auteure de la Déclaration universelle des droits des femmes et de la citoyenne qui paiera son combat et sa différence de ton de sa propre vie, sous la lame de la guillotine en 1793. Alexandra David-Néel féministe, journaliste et bouddhiste fut en 1924, la première femme occidentale à explorer le Tibet. Plus près de nous, Kishwar Desai, journaliste reconnue, a recueilli des centaines de témoignages qu'elle restitue aujourd'hui dans des romans dont les accents de colère dressent un état des lieux consternant de la condition des femmes en Inde.

LE TALENT EN QUESTION

Regardez cette femme allongée au beau milieu de fleurs multicolores. Sa robe et ses cheveux sont imprégnés d'idées fraîches symbolisées par des dizaines de fleurs, de libellules et de papillons. La Pionnière est douée pour tous les domaines où l'on peut inventer et innover. Son imaginaire est constamment habité par un foisonnement d'idées passionnantes. Une fleur rouge, une jaune, une violette et voilà que s'embrase tout un bouquet d'inventions.

Si l'innovation semble être au centre de ses motivations, instruire la communauté grâce à ses idées avant-gardistes l'est tout autant. Sa pensée évolutive est aussi ondulante que la fluidité de l'eau. Son goût pour l'inconnu et son sens des initiatives la transforment souvent en défricheuse, en éclaireuse et en bâtisseuse chevronnée.

LE GÉNIE EN ACTION

Si ce talent de femme-pionnière est une tendance forte chez vous, vous aimez sortir des sentiers trop communs. Votre pensée et vos actes peuvent parfois s'habiller d'une petite pointe de rébellion. Mais c'est surtout votre audace qui vous amène à créer de l'inédit.

Vous aimez tous les métiers où votre sens de l'innovation est à l'honneur. Vous pouvez avoir besoin de liberté, les professions libérales représentant pour vous un statut idéal. Imaginer, inventer, créer demeure vos maîtres mots.

7. LA FEMME LIBRE

L'ESPRIT DE LA CARTE

Le mouvement et le changement confèrent à La Femme en mouvement un sentiment de liberté absolue. Quand les normes sociales deviennent trop rigides ou trop acérées, il existe toujours un brin d'instinct chez certaines femmes qui les poussent à se libérer de leurs chaînes. Elles se mettent alors à écouter, regarder, sentir et bondir plus que de coutume et se comportent alors comme des déesses sauvages, expertes en liberté et en mobilité.

Fondamentalement, notre psyché est libre et sauvage, elle est capable de générer de fabuleux élans de vie. Chez La Femme en mouvement, cette capacité est démultipliée. Jamais elle ne s'égare, jamais elle ne s'arrête puisque bouger et changer représente sa force innée. Si vous la rencontrez, elle vous racontera ses nombreuses allées et venues, ses déménagements, ses changements de cap, ses nouvelles fonctions, ses nouvelles amours… La Femme en mouvement est indépendante dans sa tête. Son attrait pour la nouveauté la fait sauter du lit le matin, hurler quand quelqu'un cherche à la museler et emprunter les sentiers les plus hors normes.

LE TALENT EN QUESTION

Aimez-vous par-dessus tout le mouvement et le changement ? Votre instabilité apparente est en fait une incroyable capacité à épouser les fluctuations de l'existence. Vous n'êtes pas effrayée par les situations transitoires ou éphémères, au contraire vous les recherchez. Une trop grande routine pourrait vous faire mourir. Votre sens de l'imprévu vous pousse à vivre des aventures et des sensations fortes. L'ordre, les règles et les traditions vous insupportent au plus haut point tant vous êtes faite pour renouveler sans cesse votre quotidien.

Cette carte illustre votre extraordinaire capacité de renaissance. Si vous avez vécu trop de captivité, elle symbolise peut-être le retour à l'état libre. Si vous la suivez naturellement depuis longtemps, elle vient juste vous pousser plus loin, comme un zéphyr encourage les feuilles à virevolter. Car c'est de cette manière que La Femme en mouvement poursuit son chemin, avec légèreté et renouvellement.

VOTRE GÉNIE EN ACTION

Si vous connaissez l'art de détendre une atmosphère trop crispée ou cérémonieuse, si vous aimez rire, faire rire et jouer, si vivre dans l'instantané vous attire, vous possédez sans doute le talent de La Femme en mouvement. Vous êtes faite pour bouger, danser, marcher, courir. Rien ne vous plaît autant que de faire volte-face en changeant de direction spontanément lorsque ça vous chante.

Votre métier réclame de pouvoir vivre cet art du mouvement et de la nouveauté. Aventurière, sportive, vous êtes une animatrice née pouvant évoluer dans le tourisme, la publicité, les arts, l'animation ou le conseil en direction insolite !

8. LA VOYAGEUSE

L'ESPRIT DE LA CARTE

Voyez cette femme qui prend le large. Le départ imminent du bateau affiche au grand jour son besoin de grands espaces et d'inattendu. La Voyageuse a soif d'insolite, de mouvement et de liberté. Curieuse de tout, elle recherche la nouveauté, car elle aime ce qui change et se transforme. Ainsi part-elle le cœur léger, ouverte au voyage exotique qui l'attend. Elle ne craint ni l'imprévu ni le provisoire, la sédentarité pouvant au contraire la faire dépérir. Là, portée par les vagues de l'aventure, elle se réjouit déjà de quitter les contours d'une vie routinière.

Cette carte est comme la danse de la vie, toujours en mouvement. Elle vous invite à bouger et à vous balancer dans la brise légère comme les coquelicots dans un champ de blé. L'esprit du voyage habite le cœur de votre Voyageuse. Avec lui, vous avez toujours une bonne raison de partir et de changer le cours de votre existence. Vous pouvez explorer le monde, car grâce à l'écoute attentive de vos désirs et de vos motivations, certains itinéraires peuvent vous émerveiller, vous stimuler et aérer votre mental.

Il est question ici de satisfaire vos envies de mouvement et de liberté, car votre plaisir réside dans le changement. Reconnaître en vous cette motivation vous permet de vous sentir riche. Chaque voyageuse est unique. Chaque voyage se doit de l'être aussi. Certaines destinations insolites portent leur marque de fabrique. Un continent lointain, un voyage de noces extravagant ou une croisière insolite peuvent déclencher en vous une passion contagieuse. Quel vent allez-vous suivre ? Le vent du large ou celui des habitudes, des peurs et des restrictions ?

LE TALENT EN QUESTION

Celles qui partent loin n'ont pas d'explication à fournir, le changement est souvent leur seule motivation. Comme elles, vous pouvez tout quitter du jour au lendemain et dire adieu aux habitudes et aux traditions pour embrasser une nouvelle vie. Votre motivation à bouger et à changer radicalement d'horizon peut surprendre votre entourage. Comme le mouvement est le maître mot de votre existence, vous pouvez vous sentir en décalage avec le monde dans lequel vous vivez et avoir du mal à trouver votre place. La société et ses normes vous trouveront instables et extravagantes tandis que la routine et l'immobilité seront pour vous sources de stress et de désenchantement. Un ordre trop strict, une journée trop sérieuse, un travail trop répétitif et voilà votre cerveau qui sature. Vous commencez à rêver de voyage ou à avoir envie de déguerpir. Préparer à la hâte votre sac à dos, concevoir votre carte de route et prendre un billet d'avion, voilà ce qui hante votre esprit. En réalité, c'est votre attrait pour la nouveauté et ses mystères qui vous caractérise.

Si vous adorez boucler vos valises et prendre la clé des champs, alors cette carte parle de vous. Vous êtes faite pour bouger et voyager. Écoutez cet appel en vous-même tel un tambour qui scande les battements de votre vie. Ce qui peut ressembler à une pulsion ou à une fuite est en réalité un signe de bonne santé. Le mouvement est la vie. L'immobilité est stagnation. Alors tendez l'oreille, amenez votre conscience dans vos pieds et sentez vos racines palpiter. Ce n'est pas de repos dont vous avez besoin ni même de plats copieux ou d'épargne sécurisante. Non, votre cœur chante une envie d'ailleurs. Bouger et partir, voilà deux mots qui rendent votre âme joyeuse et bondissante.

VOTRE GÉNIE EN ACTION

Reconnaissez ce tempérament de voyageuse et de créatrice même s'il vous semble en dehors des normes sociales. Tel un pigeon voyageur aux allures d'exploratrice, comme Alexandra David-Néel, vous êtes particulièrement active. Un rêve, une œuvre, un projet peuvent vous tenir éveillée nuit et jour. Ne prenez pas vos pinceaux ou vos billets d'avion pour de la folie. Profitez plutôt de cette énergie débordante pour construire vos plans. Vous êtes née créative. Vous pouvez compter sur vos multiples dons et votre soif d'indépendance pour tracer votre route avec originalité.

Si cette carte vous inspire, vous êtes plutôt douée pour établir le contact avec des inconnus. Vous entrez facilement en relation avec les autres, vous savez séduire, mettre en confiance, activer votre imagination. Particulièrement efficace dans les relations publiques, vous pouvez réussir dans le commerce, les affaires à l'international, le journalisme, le tourisme, l'animation…

9. L'ARTISTE

L'ESPRIT DE LA CARTE

Voyez cette femme emplie de fantaisie. N'est-elle pas originale ? Son côté fun respire la légèreté, la folie et l'enthousiasme. Elle peut nous paraître décalée tout comme sa joie de fabriquer n'importe quoi de ses propres mains. L'Artiste, c'est la magicienne qui se tient à l'écart de l'uniformité de la pensée collective, c'est la sorcière qui tient les secrets de sa soupe à l'abri des regards trop curieux, c'est l'enchanteresse dont les visions nocturnes brillent de mille feux. Parfois L'Artiste doute, s'égare ou tombe au sol, le corps fatigué. Mais son âme sauvage lui insuffle aussitôt du feu joyeux pour continuer sa route. Elle se met alors à sympathiser avec les fougues du ciel et de la terre pour créer à nouveau de l'inédit.

Lorsque la femme artiste regarde au-dehors, elle perçoit toute la superficialité du monde. Mais elle ne s'appesantit nullement sur ces distorsions. Au contraire, elle puise là toute une palette d'inspiration nouvelle. Au fond d'elle, elle sait que rien ne peut rivaliser avec ses chaussures cousues main. Sa créativité représente sa force et son or à elle. En réalité, sa frénésie créatrice génère sa joie, et de cette joie émanent sa vigueur et sa stabilité.

Une femme qui tombe enceinte après des années d'attente déçues, celle qui crée la nuit en écoutant des musiques fantasques ou celle qui se lève aux aurores pour entretenir son jardin connaissent la force incommensurable de la femme sauvage. C'est de ce bois qu'est faite L'Artiste. Sa persévérance est sans limites quand il s'agit d'aller puiser dans son monde imaginaire pour créer de la nouveauté. Par principe, elle est une donneuse de vie. Elle est remplie de sève, de graines et de bourgeons. Elle n'a de cesse d'incuber, de diviser, de multiplier et de fleurir.

LE TALENT EN QUESTION

La créativité féminine se révèle bien plus large que ce que la société nous donne à croire. La créativité n'a pas de genre et ne cantonne pas les femmes à coudre ou à faire du tricot. À sa manière, Coco Chanel nous montre une voie insolite et solitaire. Ayant grandi dans un orphelinat, elle devient modiste et fonde plusieurs boutiques en France. Rapidement, Coco met sa touche personnelle dans ses modèles, libère les mouvements de la femme et modernise ses tenues. Son style simple et élégant devient rapidement les clés majeures de sa popularité et de sa renommée mondiale.

Si vous aimez danser, écrire ou peindre, si d'un petit bout de rien vous inventez un grand tout, si le mot « œuvre » allume vos yeux et vous précipite à vos outils, alors ce talent parle de vous. Elle dépeint votre humeur sympathique et enjouée, votre foisonnement d'idées sérieuses, singulières ou même carrément décalées. Vos pensées et vos comportements semblent suivre en permanence une multitude de petites marottes et d'élans passionnés. Dans vos dons d'invention se cache le plaisir d'un constant renouvellement. Vous êtes une femme débrouillarde, capable de gagner sa vie facilement pour peu que vous soyez capable de rebondir et de croire en vous-même.

LE GÉNIE EN ACTION

Chaque fois que vous portez attention à vos idées et vos inspirations, vous pouvez tracer le chemin lumineux de votre vie. Il est bon de penser et d'avoir des idées. Il est bon de faire des vagues et d'arrêter d'être trop gentille ou réservée. Ne restez plus silencieuse. Vous savez combien un rêve ou un projet peut vous tenir éveillée nuit et jour. Profitez plutôt de cette énergie débordante pour échafauder vos plans. Vous pouvez compter sur vos multiples dons et votre créativité à toute épreuve pour tracer votre route.

L'artistique, le fantastique, le technique... tout vous est destiné pourvu que votre talent d'invention s'exprime. Vous êtes née créative. Votre sens même de la démesure peut vous mener au succès, car votre force réside dans ce flot permanent d'idées et de visions. Une rivière abondante coule en vous, toute gorgée de reflets d'argent. À vos pinceaux, à vos crayons et à vos joyeux panoramas !

10. LA GARDIENNE

L'ESPRIT DE LA CARTE

Ici, une femme souriante et bienveillante tricote un manteau de fleurs multicolores délicatement posé sur les épaules d'hommes, de femmes et d'enfants. Il se dégage comme une sensation de sécurité et de confiance. Lorsqu'il s'agit de maîtriser des risques imminents, de sécuriser une situation, de prévenir des maladies et du vieillissement ou d'assurer toutes autres formes de protection, nous pouvons compter sur la femme dessinée sur cette carte. Son manteau chaud nous enveloppe et nous protège des agressions extérieures.

Telle une gardienne douce et bienveillante, La Protectrice s'occupe des personnes de tous les âges et de tous milieux, des plus jeunes aux plus âgées, avec le souci de les prémunir de tous les dangers. Elle est passionnée de vérité et d'ordre juste. Elle nous montre que le concept d'ordre qui rend certaines femmes frileuses ou prudentes est en réalité un geste de prévention et de sécurité. Quand l'excès de morale a tendance à nous encombrer, quand le trop-plein de rigueur ou de méthode nous donne une sensation d'emprisonnement, revenir vers La Protectrice nous aide à changer de regard. En effet, que ferions-nous sans ces femmes attentives aux biens, aux personnes, aux traditions et aux patrimoines ?

LE TALENT EN QUESTION

Ce talent nous prédispose à nous attacher aux lieux ou aux objets et à éprouver du plaisir à acquérir, accumuler, collectionner. Grâce à ce don, nous entretenons une relation presque affective avec nos avoirs. Nous prenons soin de notre « chez-nous » dans l'idée de sécuriser notre quotidien. Nous favorisons la pratique raisonnée du sport, de l'alimentation saine, de tout ce qui touche à notre sécurité matérielle.

LE GÉNIE EN ACTION

Sécurité, santé et prévention des risques riment avec vos talents de Protectrice. Vous aimez évoluer dans les métiers où les notions de propriété privée, de tradition et d'héritage sont importantes. Vous êtes capable de sobriété et de contrôle de vous-même pour atteindre vos objectifs, ce qui vous confère parfois un aspect réservé, réfléchi, voire austère. Vous accordez la priorité à l'ergonomie, l'efficience ou à la durabilité plus qu'à l'émotion ou l'affectivité.

Toutes les fonctions requérant méthode, rigueur et contrôle sont faites pour vous. Vous excellez dans les milieux des assurances, de la prévention, des finances, des professions juridiques, de l'administration, de la maintenance, de la sécurité…

11. LA CONCRÈTE

L'ESPRIT DE LA CARTE

Cette femme assise à même le sol en train de trier des graines et des fleurs, qu'elle met en tas bien rangés devant elle, semble reliée au concret des choses. Mettre de l'ordre dans le désordre, structurer, évaluer, mesurer, quantifier aussi précisément que possible sont pour La Concrète de réelles sources de motivation. Son sens pratique, son amour du détail et son goût du travail bien fait peuvent être perçus comme un trop-plein de perfectionnisme. En réalité, cette carte parle de rigueur, de classement et de rangement en tant que talents joyeux et ressourçant.

Peut-être connaissez-vous, dans votre entourage proche, des femmes pratico-pratiques capables d'améliorer votre confort en deux minutes, de vous poser une étagère en un temps record et de se lancer corps et âme dans une activité méticuleuse en sifflotant. Expertes pour mettre rapidement de l'ordre dans le désordre, ces femmes sont souvent de bonnes gestionnaires, rigoureuses dans la manière de gouverner leur vie autant que dans la gestion de leur compte en banque. Ce sont des concrètes hors pair qui souvent améliorent le quotidien des artistes à l'âme trop évaporée ou des ingénieuses aux souliers trop rouges. Vous reconnaissez-vous dans ce portrait ?

LE TALENT EN QUESTION

Sens pratique et rigueur sont les maîtres mots de La Concrète, car elle aime par-dessus tout l'ordre et l'efficacité. Ce talent parle de gestion et d'organisation. Gestion de l'ordre en premier lieu avec une capacité à optimiser les actions et les dépenses et gestion de la rentabilité avec la capacité à rechercher activement le bon rapport qualité prix et à saisir les bonnes affaires.

Ce génie du fonctionnel et de l'économique est le vôtre si vous aimez spontanément ranger, classer, bricoler, stocker, collectionner mais aussi chiffrer, compter, comparer, évaluer, optimiser, rentabiliser... Si vous couplez ce plaisir du concret avec d'autres graines de talents, vous bénéficierez d'un ancrage bénéfique pour vos affaires, votre commerce et votre propre abondance.

LE GÉNIE EN ACTION

Aux côtés de votre femme concrète, vous évoluez professionnellement dans des activités précises et consciencieuses, avec des tâches méticuleuses et répétitives comme l'artisanat. Couplé à de bonnes capacités de communication, le génie de La Concrète vous aide aussi à vous épanouir dans le domaine commercial.

C'est donc toute une palette d'opportunités créatives qui s'offrent à vous pour transformer vos graines de talents en fruits mûrs.

12. LA GÉRANTE

L'ESPRIT DE LA CARTE

Une femme est installée dans un champ de fleurs rouges. Les yeux plongés dans son ordinateur, elle gère. Mais que préside-t-elle ?

Le matin, La Gérante inscrit une quantité de chiffres sur ses cahiers comptables, l'après-midi, elle dirige des réunions, règle ses affaires et, à la tombée du jour, elle se trouve encore dans la planification de son agenda. Sa maîtrise financière est excellente, car ce qui la passionne est caché dans les chiffres. La Gérante rentabilise le temps, l'espace et l'argent. Précise, méticuleuse et consciencieuse, elle aime prévoir, économiser, épargner. Le moindre de ses achats est anticipé et mesuré. Le moindre bien ou objet acheté est prévu pour durer, car elle est une gestionnaire hors pair. Elle peut même développer une relation très affective avec ses propres biens d'où son penchant pour les objets de collection, les antiquités, les choses de valeur transmises en héritage. La Gérante ne vend pas, elle amasse, elle sécurise, persuadée que tout peut servir. Son temps est planifié, la moindre minute peut devenir un trésor, le moindre chiffre représente une pépite d'or.

LE TALENT EN QUESTION

C'est un talent de prévoyance et de maîtrise dont il est question ici. L'accent est mis sur le fait de capitaliser, de valoriser le matériel, les objets et les lieux. Si vous aimez prendre soin de vos affaires, si vous ressentez du plaisir à acquérir des biens, voire à les accumuler, le talent de La Gérante parle peut-être de vous. Vous êtes une bonne administratrice, l'argent ne vous fait pas peur, car vous le gérez bien et vous savez le faire fructifier.

Les fonctions d'organisation vous attirent et vous excellez dans les postes de secrétaires de direction. Si vous aimez entreprendre à partir d'idées singulières, votre talent de Gérante vous garantit une voie royale en tant que chef d'entreprise. Votre ancrage de gestionnaire vous pousse à jouir d'une belle abondance..

LE GÉNIE EN ACTION

Vous possédez une bonne maîtrise financière, un bon sens de l'économie et de l'épargne. Votre gestion sans faille s'appuie sur un sens aigu de la prévoyance. Vous savez évaluer, compter, capitaliser, amasser. Vous évoluez facilement dans le monde de la finance, car votre relation à l'argent se fait avec aisance. Votre manière de prioriser l'efficience et la durabilité vous dirige vers des métiers où la rigueur et le contrôle sont de mise.

Votre sens de l'organisation et votre besoin de maîtriser vos sujets favorisent les postes à responsabilités, par exemple, dans le management ou les ressources humaines. Les métiers en rapport avec la gestion sont pour vous de bonnes sources de motivation : gestionnaire de paie, gestionnaire de patrimoine, expert-comptable, responsable administrative, gestionnaire de stocks, gestion locative, métiers de la logistique, de la maintenance, de la bureautique. Vous possédez un ordinateur ou un téléphone portable dernière génération de manière à avoir, comme La Gérante de cette carte, toutes vos données à portée de main. Jusqu'à les avoir même à disposition dans un grand champ de blé !

13. **LA LEADER**

L'ESPRIT DE LA CARTE

La femme Leader est une fine stratège. Elle connaît les rouages de la gestion de groupe et sait mettre ses talents au service d'une équipe. Elle possède un bon leadership. C'est une chef d'orchestre hors pair. Voyez son archet qui scande le tempo et son attention à donner vie à la musique. Elle aime que les gens s'écoutent, s'harmonisent, cocréent ensemble. Elle est très attachée aux valeurs de sociabilité, de respect, de loyauté et participe à sa manière à une meilleure organisation de la vie sociale.

C'est l'image mythique de la femme charismatique comme Oprah Winfrey, femme afro-américaine ayant créé sa propre chaîne de télévision (The Oprah Winfrey Show) ou comme J. K. Rowling, la célèbre romancière, auteur d'Harry Potter, partie de rien et qui a créé de toutes pièces sa célébrité. Ou encore Zhou Qunfei, directrice d'une société de technologie de pointe en Chine. En France, Zabou Breitman, avec ses quatre Molières et son César, prône haut et fort le droit d'équité dans les métiers du cinéma. Citons également Blanche Gardin, qui refuse de recevoir l'Ordre des Arts et des Lettres de la part d'un gouvernement qui ne tient pas ses promesses vis-à-vis des sans-abri… La tout aussi géniale Ruth Bader Ginsburg, icône populaire et progressiste défendant la cause des femmes aux États Unis, juge à la Cour suprême, dont la citation fait ici écho : « Je ne réclame aucune faveur pour les personnes de mon sexe. Tout ce que je demande à nos frères, c'est qu'ils veuillent bien retirer leurs pieds de notre nuque. »

Ce sont toutes des femmes de conviction qui se sont donné les moyens d'atteindre leurs objectifs. Rien à voir avec des Wonder Woman. Après des parcours souvent difficiles, elles font preuve d'un courage hors du commun, d'une authenticité et d'un réalisme à toute épreuve. Elles ouvrent de magnifiques sillons pour que les autres femmes osent leur parole forte, osent faire des trucs de dingue ou être tout simplement les héroïnes de leur propre vie.

LE TALENT EN QUESTION

La motivation de la femme Leader, c'est d'être au centre, d'être la première, devant. Elle porte en elle cette idée de progression, de transmutation de l'ego en valeur participative. Elle aime organiser les initiatives individuelles et collectives. Son génie réside dans le fait qu'elle porte une vision.

Quand on parle de leadership au féminin, la femme Leader sent son cœur qui se met à battre. Elle sait que le leadership au féminin dont on parle aujourd'hui est bien plus qu'une simple mode, c'est un passage obligé, une voie de progrès annonciatrice de véritables changements. La femme Leader déteste les divergences, les tensions psychiques et les agressions verbales, elle prône la résolution des conflits grâce à l'harmonisation des talents de chacun. Par la mise en valeur de ce qui unit, elle facilite les prises de décisions au sein d'un groupe, organise, inspire, considère, soutient. C'est une femme influente, porteuse d'initiatives collectives.

LE GÉNIE EN ACTION

À vos côtés, les étoiles s'allument vraiment. Spontanément, les gens ont envie de vous suivre. Vous savez fédérer et orchestrer. Vous n'avez pas réellement une âme de chef, mais vous êtes une porteuse de sens, une femme-ressource qui se tient devant pour hisser son groupe vers plus de cohérence et d'harmonie. Vous avez intégré que vous n'êtes pas plus bête qu'un homme pour diriger ou insuffler de l'élan et de la cohésion.

Votre motivation vous amène à occuper des postes à responsabilités pour manager des équipes ou à choisir des professions libérales dans lesquelles vous pouvez exercer votre charisme en douceur et pour le bien de tous : coach en entreprise, directrice artistique, chef d'orchestre, animatrice de groupes, responsable en ressources humaines… L'implication sociétale (artistique, économique, politique ou sociale) peut être un axe de réalisation pour vous.

14. LA GUIDE

L'ESPRIT DE LA CARTE

Une femme aux yeux clairs semble partager ses connaissances au-delà des doctrines et des préceptes. Patiente et soucieuse de motiver ses élèves, cette guide est la mère de tous les épanouissements, tant elle semble comprendre le langage singulier des initiations. Elle est en quelque sorte une professeure de vie. Elle ressemble à cette mère sauvage avec laquelle nous avons rendez-vous à certains moments clés de notre existence. Bizarrement, son école se trouve dans le monde d'en dessous. Une chandelle nous attend pour éclairer les endroits les plus sombres de notre psyché. Près d'elle, nous apprenons à régénérer notre vision intérieure et à nourrir les fruits de notre esprit. Grâce à cette guide, nous savons quand partir à la rencontre de nos mentors extérieurs et quand contacter notre propre guidance personnelle.

Nous sommes nombreuses à nous souvenir d'une institutrice hors pair ou d'un professeur génial. La présence d'une bonne enseignante à nos côtés est vitale pour valoriser nos potentiels comme le soleil est essentiel à la maturité des fruits. Parfois La Guide semble nous connaître mieux que nous-mêmes. Elle scrute nos travers et nos côtés sombres puis nous invite à révéler notre lumière au monde.

Être une femme vraie, chercher sans relâche ce qui va nous épanouir, accéder au tréfonds de notre être, exprimer sa vérité, valoriser qui nous sommes… voilà le vaste chantier que nous propose cette agréable conseillère. Cette carte nous amène à chérir nos dons et à ne pas nous détourner de notre route. Par elle, nous comprenons combien il est essentiel d'être en accord avec nos potentialités et de s'aimer chaque jour davantage.

LE TALENT EN QUESTION

Voyez comme cette carte illustre des savoir-être et des savoir-faire naturels : connaissance approfondie de quelques matières, facilité d'expression, bienveillante attention à la motivation de l'autre, confiance accrue dans ses talents et dans sa capacité à progresser. Vous portez peut-être en vous des stratégies particulières pour initier enfants et adultes à toutes sortes de choses. Votre talent inné de Guide consiste à voir les dons des autres et à leur révéler de quel bois ils sont faits ! Reconnaissez-vous ce plaisir d'enseigner ? Vivez-vous pleinement ce talent ?

Une clarté d'élocution émane de ce don tout comme ce mélange de compréhension et de fermeté nécessaire à tout enseignement. Cette passion d'éduquer et de guider est un art subtil, car vous savez quand proposer de l'empathie, du jeu ou de l'audace. Vous savez également protéger les autres des feux destructeurs de leur critique intérieure et vous leur apprenez l'art d'allumer leur propre flamme pour mieux croire en eux-mêmes. À vos côtés, initier rime avec confiance, estime et amour de soi. Apprendre devient joyeux.

LE GÉNIE EN ACTION

Si ce génie vous parle, vous êtes pourvue de dons singuliers pour révéler aux autres leurs talents. Vous percevez d'emblée leurs prédispositions naturelles et leurs aptitudes cachées. Parce que vous êtes vous-même motivée, vous connaissez l'art de motiver les autres. Vous savez écouter, éclairer, soutenir, encourager, faire danser les idées et leur donner vie.

Vous faites partie des personnes chaleureuses qui savent faire bouger les autres pour exprimer le meilleur d'eux-mêmes. Votre vision large et votre esprit affûté viennent à bout de tous les obstacles à la réalisation de soi. Grâce à vous, avoir des idées, oser l'anticonformisme, être vrai, se dire oui, suivre ses véritables envies… tout ce qui sent bon l'âme sauvage devient accessible. Votre sens inné du mentorat s'accompagne d'une sensibilité accrue aux talents et aux potentiels. En réalité, vous entretenez constamment le souffle créateur de vos élèves, étudiants et disciples.

Les métiers d'enseignante, de professeure, d'éducatrice, de formatrice, de consultante, de coach, de facilitatrice, d'accompagnatrice, de guide, de responsable en ressources humaines… vous attirent particulièrement. Vous êtes une révélatrice naturelle des talents des autres, la guidance étant votre principale ressource.

15. LA MÉCÈNE

L'ESPRIT DE LA CARTE

Voyez combien l'énergie de cette carte respire le raffinement et l'élégance. Une femme pleine de charme, à la voix assurée, invite ses amis à s'asseoir en cercle. Voyez la beauté qui l'entoure. Ici le respect est de mise, car La Mécène ajoute toujours une pointe de noblesse et de courtoisie à ses moments festifs. Sa vie sociale est très remplie, car elle aime se sentir en synergie avec les autres. La paix, l'harmonie, la convivialité sont pour elle des valeurs essentielles.

La Mécène est aussi une femme audacieuse. Elle sait s'engager dans des démarches qui créent de la valeur et renforcent la cohésion entre les êtres. Ses actions sont toujours d'intérêt général. Elle se passionne pour les grandes causes comme la solidarité, la culture, le sport, l'environnement, la recherche… Ses grandes idées nous entraînent dans une vision porteuse de sens et d'avenir. Rassembler, fédérer mais aussi décider, initier, promouvoir sont des dons naturels chez elle.

LE TALENT EN QUESTION

Ce talent de mécène se dévoile à travers un certain art de vivre : découvrir des créations artistiques, participer à des festivals, partager les plaisirs de la table autour de curiosités culinaires et de vins d'exception, s'habiller avec élégance… Musique, concert, cinéma, théâtre, danse, tout est prétexte à se rassembler pour passer du bon temps et pour approuver de petites et de grandes causes. Il émane une certaine grâce de cette tendance à tout célébrer. Cette femme d'art et de sciences, à la fois philanthrope, mélomane et stratège, joue de ses talents d'harmonisatrice.

Faites-vous partie de ces femmes engagées qui créent des mouvements fédérateurs sur la question de la place des femmes, sur les questions de genre, d'interculturalité, sur les nouvelles formes d'entrepreneuriat ou de mobilisation participative ? Aujourd'hui, le paysage du mécénat met de plus en plus en avant l'image d'un monde où femmes et hommes sont valorisés et respectés de manière équitable, dans toutes les sphères de la vie économique, politique et sociale. Chaque fois que de telles fondations ou de tels mécénats mettent à l'honneur les capacités des femmes à innover et à entreprendre avec excellence aux côtés des hommes, la société gagne en créativité et en justice sociale. Et vous, est-ce que vous vous sentez engagée dans une cause particulière que vous aimeriez promouvoir ?

LE GÉNIE EN QUESTION

Vous savez encourager les initiatives individuelles et collectives. Vous aimez travailler dans les entreprises pour renforcer l'esprit d'équipe ou coacher des dirigeants, soutenir des artistes, organiser des événements d'envergure pour que les gens se rencontrent et créent ensemble du vaste et du beau. En tant que femme mécène, vous voyez large et risquez fort de vous ennuyer dans trop de solitude ou de restriction. En revanche, vernissages, petits-déjeuners networking ou cercles de mécénat vous siéront à ravir.

Vous semblez douée pour évoluer dans la vie sociale comme un poisson dans l'eau, fluidité, convivialité et festivité étant vos qualités maîtresses. Vous excellez dans le coaching, le mécénat, le sponsoring. Vous aimez les œuvres d'artistes, conservatrice de patrimoine, directrice du musée, commissaire d'exposition sont des métiers pour vous. Si ces domaines vous attirent, déployez vos ailes et partez à l'aventure. Puisez toutes les ressources et les stratégies dont vous avez besoin dans le grand dictionnaire de la vie. Et osez pleinement l'ambassadrice que vous êtes !

16. LA CHAMPIONNE

L'ESPRIT DE LA CARTE

Cette femme toute vêtue de rouge sait identifier ses failles pour améliorer son efficacité et relever des défis. Son plaisir est dans le dépassement de soi. Efficacité, autonomie et sens des initiatives résument ses centres d'intérêt. Elle possède une autorité naturelle qu'elle met à profit à travers son pouvoir de décision. Ce qu'elle aime par-dessus tout, c'est gagner.

La société actuelle valorise peu les femmes ambitieuses, elle les critique plutôt. Dans le domaine de l'entreprise, le fameux « plafond de verre » est toujours aussi solide. Les études et les statistiques sont formelles, le leadership n'est pas de genre. Et pourtant, l'accès des femmes aux postes à responsabilités demeure l'un des principaux points noirs du paysage entrepreneurial. Les femmes s'autocensurent et semblent abandonner facilement la compétition lorsqu'il s'agit d'entrer dans de hautes fonctions. Les stéréotypes de genre et le machisme sont sans doute à l'origine de leur résistance.

Mais pourquoi faut-il que nous nous sentions, nous les femmes, autant coupables d'être ambitieuses ?

LE TALENT EN QUESTION

Si vous aimez agir et vous positionner de façon indépendante, si vous éprouvez du plaisir dans le dépassement de soi, alors ce talent est le vôtre. Votre ténacité, votre combativité et votre courage vous ont amenée à réussir vos études et à obtenir des diplômes. Votre talent de championne a besoin de s'exprimer au travers d'une ambition et d'une réussite sociale avérées. Comme vous bénéficiez d'une bonne autonomie, d'un bon sens des initiatives et d'une autorité naturelle, vous êtes invitée à écouter votre attirance pour le pouvoir décisionnel et l'action.

Vous aimez l'efficacité et les résultats, et l'exercice de l'autorité vous attire. Vous êtes avant tout une femme pragmatique à l'esprit vif et indépendant. Vous aimez ce qui est clair, net et tranché. Vous êtes douée pour prendre des initiatives et faire aboutir des projets quel que soit le contexte. Grâce à vos talents de meneuse, vous pouvez mener une foule de personnes dans vos sillons. Mais vous serez toujours la première devant et seule à emporter les lauriers, car l'idée d'être victorieuse vous anime et vous galvanise. Et cela, sans un brin de prétention, puisque c'est votre motivation naturelle.

LE GÉNIE EN ACTION

La Championne excelle dans le sport, le monde des affaires et des finances. Comme cette femme radieuse qui soulève un grand bouquet de fleurs en signe de victoire, elle peut être une bonne avocate, une chef d'entreprise talentueuse, et peut s'épanouir là où elle peut mettre à profit ses talents de gagnante. L'univers guerrier de l'entreprise est un milieu idéal pour les femmes comme vous aimant les défis. Il y règne une ambiance de compétition qui vous sied à merveille.

17. LA CHALLENGEUSE

L'ESPRIT DE LA CARTE

La Challengeuse est une femme tenace et persévérante. Sa combativité s'accompagne d'un sang-froid hors du commun, ce qui lui vaut d'accomplir avec aisance certains actes héroïques. Elle aime particulièrement relever des défis comme conquérir un sommet, se lancer dans une bataille, se surpasser dans une épreuve sportive, remporter un projet contre des concurrents prestigieux. Elle évolue facilement dans le monde sportif ou le monde de l'entreprise.

Cette femme qui grimpe une montagne escarpée, une fleur dans la bouche, n'a rien de fragile et d'évanescent. Peut-être l'a-t-on comparée dans son enfance à un vrai garçon manqué. Car dès qu'une fille montre son goût des défis et son sens du challenge, elle peut facilement devenir la cible de critiques et de jugements. Mais La Challengeuse veut se dépasser, s'améliorer et surmonter des obstacles. C'est la nature même de son talent. Elle est toujours prête à réaliser l'impossible pour faire face à l'adversité. Escalader des rochers, plonger d'une falaise, se lancer dans une course à voile en solitaire… Tous ces objectifs représentent des sources de motivation prodigieuses pour des challengeuses. Souvenez-vous : le talent est un lieu de plaisir naturel qui ressource et motive spontanément.

LE TALENT EN ACTION

L'une de mes connaissances m'a raconté combien il aimait acquérir des entreprises au bord de la faillite. Il me parlait de ses multiples stratégies pour relever chaque entreprise et le défi que cela représentait pour lui. Il relatait le tableau en souriant : difficultés financières du début, débats agités pour impliquer le personnel dans la nouvelle aventure de l'entreprise, nouveaux choix de fabrications, nouvelles orientations commerciales, relève progressive du chiffre d'affaires, et pour aboutir à des gains éloquents. Il riait en évoquant ses lieux de bataille et de surpassement. Et il a fini par me dire comment il a vendu l'affaire pour acheter une nouvelle entreprise en liquidation.

Voilà le talent même d'un bon challengeur. Ce qui l'intéressait plus que tout, c'est le défi de remonter l'entreprise. Doublé, je vous l'accorde, d'un bon tempérament de gestionnaire pour amplifier ses gains. Mais voyez comment un talent spontané peut s'exprimer naturellement, avec aisance. S'il était retenu ce talent, il tomberait sans doute sous le joug d'un conditionnement et deviendrait frustration et inertie.

LE GÉNIE EN ACTION

Vous disposez d'un esprit de compétition, de sang-froid et d'un brin d'héroïsme, et ces compétences vous invitent à relever des défis. Toutes les professions en lien avec le sport de haut niveau vous tendent les mains. Vous pouvez vous épanouir dans tous les autres secteurs où règne l'esprit de compétition. Votre originalité peut tout à fait se mettre au service de votre propre entreprise. Vous excellez dans les professions libérales, car votre esprit indépendant et gagnant vous avantage pour mener votre propre chemin. Vous pouvez tenter d'entrer en politique, car le milieu est très compétiteur, mais en ayant soin d'écouter les nouvelles tendances écologiques, collaboratives et participatives. Votre talent de challengeuse vous emporte vers des contrées sans limites, là où votre cœur saura inonder le monde d'idées neuves et performantes.

18. LA BRILLANTE

L'ESPRIT DE LA CARTE

Agir de façon indépendante et avec brio sied à merveille à la femme brillante. En effet, elle aime être au centre et montrer sa réussite sociale aux yeux de tous. Elle possède un bon esprit critique et cultive facilement la différence et l'originalité personnelle. Ce qui la rend unique, c'est sa manière singulière d'affirmer sa position haute et de suivre sans faiblir le chemin de ses ambitions. Qu'est-ce qu'elle a pu accomplir pour asseoir ainsi sa place sociale ? Sans doute a-t-elle écouté ses aspirations à atteindre une position privilégiée, sans doute y a-t-il quelque chose d'héroïque dans son parcours. Mais sa manière de s'habiller en rouge et de se placer sous les feux de la rampe avec faste et bijoux est en réalité naturelle. Briller est sa motivation originelle.

Les femmes brillantes font preuve de sang-froid, de persévérance et de courage, même dans l'adversité. Les obstacles ne leur font pas peur. Ambitieuses, elles s'épanouissent dans des missions difficiles, car elles aiment progresser, gagner, briller et être parmi les meilleures. Elles assument complètement leur puissance d'action, c'est ce qui les rend si magnétiques et si charismatiques. Elles possèdent une autorité naturelle provoquant d'emblée une forte adhésion chez les autres personnes. On les admire, on les aime, parce qu'elles sont fascinantes, captivantes, envoûtantes.

LE TALENT EN QUESTION

Vous êtes vive, vous avez de la repartie, un bon esprit critique, vous savez répondre du tac au tac et pointer les moindres erreurs. Vous saisissez rapidement la logique de vos interlocuteurs. Vous avez des idées et vous foncez pour les mettre en actes. Vous êtes une femme active et on dit de vous que vous êtes brillante. Recevez ce compliment comme un bouquet de roses.

Et si d'aventure, quelques mauvaises langues s'en prennent à votre prestige, sachez que votre talent provoque des jalousies surtout chez celles et ceux qui n'osent pas leur propre génie. Comprenez bien la chose : votre talent brille comme de l'or, d'ailleurs de l'or vous en portez. Vos signes extérieurs de richesse et de réussite s'harmonisent avec votre attirance pour l'originalité, voire la provocation, et c'est là que réside votre capacité à être une femme remarquable. Parce que se placer première dans un monde masculin n'est pas une chose facile pour une femme, même talentueuse. Cela relève du défi, et le défi, vous l'aimez.

LE GÉNIE EN ACTION

Ce talent de femme brillante vous rend particulièrement entreprenante. Vous êtes parfaitement capable de mener de front vie professionnelle et vie familiale, car vous disposez d'une bonne énergie physique et mentale. Les carrières de management sont pour vous une occasion de vous faire un nom sur la scène internationale dans votre domaine de compétence. Vous cumulez aisément des ressorts dans divers milieux : domaine de la recherche scientifique, business international, milieu diplomatique... Vous n'hésitez pas à parler plusieurs langues pour élargir votre influence de femme dirigeante.

Rien ne vous arrête, vous êtes comme une Ferrari rouge lancée à grande allure. Comme elle, vous aimez le luxe, vous avez du style et des ailes musclées. Vous pouvez placer une séance de performance sportive entre deux rendez-vous et enchaîner avec une conférence devant un millier de personnes sans difficulté. Pour vous, briller est facile, briller est un plaisir simple et naturel, briller est votre raison d'être.

19. L'AFFECTIVE

L'ESPRIT DE LA CARTE

Assise au milieu de ses deux enfants, la femme de cette carte apporte de la douceur quand l'existence devient trop dure ou trop compliquée. Son attrait pour la tendresse, les liens forts et durables, l'amène à faire des choses avec les autres et à établir des liens de qualité. L'Affective est douée pour les relations au sens large, elle sait en prendre soin. Elle aime les contes qui finissent bien et les happy ends des films romantiques, car son langage premier est celui du cœur. Puisque l'intimité la ravit, elle s'épanouit parfaitement au sein du foyer, avec compagnon et enfants à ses côtés. Tendresse, amour, fusion riment avec fidélité. Dans le domaine professionnel, elle aime les environnements où l'on privilégie les liens de qualité. L'enseignement, le secteur social, le travail en équipe lui permettent d'évoluer avec toute l'affection et l'amitié dont elle a besoin.

LE TALENT EN QUESTION

Vous rêvez de réconciliation, de coconstruction et vous aimez vous appuyer sur l'énergie d'un groupe. Vous préférez le rôle d'équipière dévouée sur laquelle on peut compter plutôt que le rôle de leader. Votre sens de l'autonomie se place dans le respect des objectifs communs. Vous aimez l'environnement humain à condition qu'il vous convienne et que vous puissiez trouver la chaleur et l'affectivité dont vous avez besoin. Vous préférez les environnements à taille humaine, où l'on se connaît, où l'on se parle et où l'on partage des projets qui dépassent le cadre professionnel. Vous avez tendance à fuir le duo terrible du gagnant-perdant, vous ne partez jamais seule au combat mais vous êtes toujours prête à défendre et à sauvegarder l'esprit d'équipe pour faire durer les relations et les liens. En amour comme en amitié, vous affichez une allégeance sans limites.

Souvent critiquée par le monde actuel prônant l'action, la performance et la fuite en avant, votre tendance à l'affectivité sait nous rappeler que nous avons tous un cœur et des sentiments. Vous nous montrez que prendre soin des relations interpersonnelles, apporter de la douceur et faire des choses ensemble peuvent faire partie de nos essentiels. À vos côtés, nous apprenons qu'être une femme affective n'a donc rien de mièvre ou de dépassé.

LE GÉNIE EN ACTION

Comme vous êtes peu sensible à l'esthétisme, vos goûts simples traduisent votre attrait pour les choses vitales et indispensables. À l'aise dans le travail répétitif, voire routinier, vous adhérez totalement à la notion de service public et vous vous épanouissez dans l'action sociale, l'humanitaire, l'enseignement, le soutien aux personnes âgées et l'aide aux personnes défavorisées. Vos collègues apprécient votre écoute et votre sens du partage. Vous vous intéressez de près à l'écologie, l'alimentation saine, l'habitat partagé, la démocratie participative et tous les courants alternatifs qui représentent pour vous l'avenir du troisième millénaire.

20. LA COLLABORATRICE

L'ESPRIT DE LA CARTE

Dans ce tableau végétal rempli de chaleur humaine, une ronde de visages souriants et de mains tendues s'active en cercle. Tout autour, des centaines de fleurs tissent un environnement végétal propice aux liens et à la bonne humeur. L'esprit d'équipe, la coopération et l'art de s'associer sont des mots qui parlent à La Collaboratrice. Elle affectionne les environnements à taille humaine où l'on se connaît, où l'on se parle et où l'on s'apprécie. Elle a besoin de donner et de recevoir de la reconnaissance, des encouragements et du soutien. Elle aime partager, se lier, faire les choses ensemble. Sa phrase clé pourrait être : « Les autres existent et je les prends en compte ! »

LE TALENT EN QUESTION

Vous êtes une bonne seconde. Vous aimez le « travailler ensemble », car être en équipe vous motive et vous stimule. La présence d'autres personnes à vos côtés semble démultiplier votre énergie et votre performance. Quand vous réussissez à vous intégrer dans un groupe, vous développez immédiatement des attitudes qui vous tiennent à cœur comme soutenir, encourager.

Vous avez la capacité d'emmener votre entourage dans une nouvelle conception du monde et une nouvelle vision des relations interpersonnelles. Votre désir profond d'humaniser les libertés individuelles, vos pensées tournées vers un avenir mieux réparti, mieux pensé en termes de justice et d'équité, nous invite naturellement à vous faire confiance et vous suivre. Nous aimons tous votre contact chaleureux, votre gentillesse naturelle, et vos sourires sont de bons présages pour l'avenir communautaire.

LE GÉNIE EN ACTION

Enfant, vous aimiez jouer à plusieurs et pratiquer des sports collectifs. Vous aviez à cœur de prononcer cette phrase de ralliement : « Tous pour un, un pour tous ! » Vous êtes à l'aise dans les métiers associatifs, dans les équipes soudées comme dans les projets humanitaires ou écologiques. L'idée de collaborer avec d'autres personnes vous stimule. Cette idée d'être avec d'autres et de travailler ensemble suffit à vous rendre joyeuse et optimiste. Parce que, seule dans un bureau, vous pourriez carrément dépérir.

Tous les métiers relationnels vous vont bien tout comme assistante, adjointe, auxiliaire, attachée... Vous secondez à merveille quelqu'un qui entreprend, car vous n'avez pas l'âme d'une chef. Au contraire, vous vous sentez parfaitement à votre place en évoluant aux côtés d'autres personnes qui prennent le pouvoir. Alors, vous vous fondez dans le groupe, l'essentiel à vos yeux étant d'être dans le plaisir du lien.

21.
L' HARMONISATRICE

L'ESPRIT DE LA CARTE

À sa manière, L'Harmonisatrice est une femme soutenante. Elle l'est pour ses proches dont elle veut assurer le bien-être, elle l'est pour son partenaire amoureux, ses amies et ses collègues. L'amour et l'amitié sont pour elle des valeurs suprêmes qui comptent plus que tout. Elle aime participer à des fêtes et aller vers tout ce qui rassemble.

C'est une femme affective, sensible, voire émotive. Le cercle de sa famille et de ses amis représente souvent sa raison de vivre. Elle y puise une motivation et un plaisir intenses. Son sourire et sa gentillesse ne laissent personne indifférent tant son cœur est ouvert à autrui. Réguler, apaiser, coopérer sont trois mots qu'elle affectionne particulièrement.

LE TALENT EN QUESTION

L'Harmonisatrice ressent un fort attrait pour la tendresse. Elle en sème partout où elle passe. Dans son foyer, elle orchestre les choses en douceur de manière à concilier les points de vue et les envies de chacun. Sa vision du monde n'a rien de simpliste puisqu'elle mise tout sur l'harmonisation des contraires. Elle affectionne les consensus rassembleurs et dirigés vers un but réunificateur. Cette quête d'unité l'amène à réconcilier, réunir, relier, adhérer, accorder, assortir...

C'est une participative hors pair douée pour tous les métiers où le lien est à l'honneur. Mettre les choses et les êtres en harmonie est fondamental pour elle. Dans ses conversations, il n'y a pas de ton plus haut ou de voix qui sonne faux. Elle éprouve du plaisir à dépasser les contradictions apparentes et installe aisément de la profondeur dans les échanges humains. Son art de l'harmonisation opère comme celui d'un accordeur de piano qui s'applique à égaliser la sonorité des notes. Elle semble écouter les harmoniques de tous les êtres qui l'entourent pour en faire une sonate joyeuse et parfaitement équilibrée.

LE GÉNIE EN ACTION

L'Harmonisatrice s'épanouit dans tous les métiers où la médiation est à l'honneur : médiation, familiale, médiation sociale, culturelle, médiation civile ou pénale... Elle agit en tant que tiers indépendant pour créer ou rétablir du lien social et régler des conflits de la vie quotidienne opposant des personnes entre elles, des groupes antagonistes, des personnes et des institutions... Dans les quartiers sensibles, elle peut régler des conflits entre bailleurs et habitants, et favoriser la mise en œuvre des emplois-jeunes.

Elle évolue facilement dans le domaine de la justice et du droit, au sein d'associations de défense des droits des femmes et des droits des enfants. Elle peut être active dans les syndicats pour construire ou reconstruire des processus de communication entre les protagonistes d'un conflit. Elle affectionne les nouveaux outils de communication comme la PNL ou la communication non violente. Comme L'Affective et La Collaboratrice, L'harmonisatrice se passionne pour le vivre ensemble en co-dessinant de nouveaux horizons.

22. LA FUSIONNELLE

L'ESPRIT DE LA CARTE

La femme fusionnelle est profondément donnante. Son plaisir est de faire plaisir. Femme relationnelle par excellence, elle est une amie fidèle, une épouse dévouée, une mère compréhensive et une collègue attentionnée. À ses côtés, personne n'est oublié. Généreuse, aimante et naturellement désintéressée, La Fusionnelle fait preuve de beaucoup de patience, tant dans sa capacité à attendre que dans sa faculté à supporter ce qui l'ennuie.

Elle aime passer en dernier. Elle affectionne l'intimité, le contact, les sentiments d'unité, d'amour et d'harmonie. Elle aime se sentir utile pour l'autre, elle aime le soulager, lui prodiguer tous les soins dont il a besoin. Son soutien peut être d'ordre matériel, émotionnel ou spirituel. Sa qualité de solidaire lui confère un sens du dialogue ouvert et attentif avec tous. La plupart du temps, la relation fusionnelle se passionne pour les attachements solides et durables sur le long terme. La fusion devient intense avec une sensation agréable d'harmonie et de complicité tant sur le plan intellectuel qu'émotionnel.

La relation fusionnelle peut se tisser à n'importe quel moment de notre vie. À notre naissance avec notre mère, à notre adolescence dans les amitiés ou les amours naissants, dans la relation amoureuse avec notre partenaire, ou bien avec des collègues ou des personnes de notre famille qui nous sont particulièrement chères. Voyez comme cette union forte qui peut apparaître dès le début d'une relation amoureuse, surtout en cas de coup de foudre, peut paraître comme une douce évidence pour les amoureux et attirer les critiques des personnes extérieures. La société aujourd'hui met en garde contre les risques de retrait social, de disparition de l'individualité et des libertés personnelles. Être une femme fusionnelle serait presque devenu dangereux ou anormal. Chaque relation fusionnelle peut apporter des sentiments positifs et constructifs pour notre équilibre personnel et relationnel : estime de soi et de l'autre, confiance mutuelle, bien-être, détente psychique, joie de s'impliquer dans des projets communs...

LE TALENT EN QUESTION

Ce qui est extraordinaire chez les femmes fusionnelles, c'est cet amour simple qui se dégage d'elles. Cet amour capable d'apporter en un instant au travers d'une simple étreinte, cette sécurité et cette bienveillance dont nous avons besoin pour notre bien-être et notre sérénité. Dans les moments difficiles de notre existence, lors d'un deuil, d'une séparation ou lors d'événements émotionnellement marquants pour nous, ce qui nous fait du bien, ce n'est pas forcément qu'une personne nous parle, c'est juste sa présence et le fait qu'elle soit là et qu'elle nous porte de l'attention.

Un jour en plein centre de Grenoble, un homme m'a serrée dans ses bras de manière très fusionnelle et m'a tendu un petit joli papier rose sur lequel étaient notés tous les bienfaits des Hug : 100 % bio, sans additif ni conservateur, sans colorant, sans aliment artificiel, ne font pas grossir, ne polluent pas, ne laissent pas de batteries usées, ne provoquent pas d'inflation, ne sont pas imposables, n'exigent pas d'assurances obligatoires, consomment peu d'énergie, mais en revanche nous en transmettent une grande quantité !

LE GÉNIE EN ACTION

Être en communion avec son entourage est essentiel à son bonheur. Prendre soin de la famille compte beaucoup pour elle. Elle est à l'aise dans tous les métiers de la relation d'aide et de l'enseignement. Dans les métiers de service aux autres, elle est le noyau de relations nourricières.

La Fusionnelle n'est donc pas dangereuse comme la société nous le donne à croire. Elle est à l'aise pour travailler en équipe, pour se mettre au service d'une personne ambitieuse, par exemple son partenaire amoureux ou son associé professionnel.

23. L'ALTRUISTE

L'ESPRIT DE LA CARTE

Naturellement humble, la femme altruiste s'accorde peu d'importance et préfère le don de soi à l'individualisme. Elle adore le dialogue ouvert et porte beaucoup d'attention à l'écoute de son entourage. Elle a une patience hors du commun la poussant même à supporter ce qui l'ennuie. Généreuse par nature et excessivement tolérante, elle pardonne facilement tout en étant très exigeante envers elle-même. Cet altruisme naturel la pousse souvent à se reprocher de ne pas en faire assez pour les autres.

Une vraie générosité s'exprime même quand elle n'est pas observée. Elle ne réclame ni récompense ni motivation spéciale pour exister. Donner à une association de manière anonyme, aider un sans-abri sans en faire l'étalage, faciliter discrètement la vie de nos proches sans rien attendre en retour sont des attitudes purement altruistes. Faire le bien autour de nous demande en tout premier lieu de ressentir la souffrance de l'autre. Si voir la peine du monde et les difficultés de chacun nous bouleverse, cela indique que notre niveau d'empathie est élevé. Venir en aide ou donner à quelqu'un que l'on ne supporte pas est quelque chose de très compliqué, mais lorsque nous y parvenons, cela montre un vrai altruisme de notre part.

LE TALENT EN QUESTION

L'Altruiste est une femme plutôt discrète, humble et modeste. Elle vit souvent simplement et peut même affectionner un certain dépouillement. Elle déteste le superflu, le futile et le superficiel. Son plaisir, c'est le plaisir de l'autre. L'empathie, la générosité, la disponibilité permanente représentent pour elle des valeurs fortes. Son niveau d'alliance avec les autres personnes est fondé sur l'empathie, la compréhension et le dévouement.

Les femmes vraiment désintéressées sont en réalité peu nombreuses. La plupart du temps, nous agissons sous l'emprise des conditionnements sociaux qui nous persuadent d'être gentilles, donnantes et disponibles aux autres pour être aimées en retour. Mais soigner quelqu'un au risque de tomber aussi malade, donner de l'argent pour une cause alors qu'on a déjà du mal à boucler ses fins de mois, subir le froid, la faim ou la honte… Tous ces sacrifices permettent de voir si notre don est réellement altruiste.

LE GÉNIE EN ACTION

L'Altruiste aime prendre soin des plus fragiles et s'engage facilement pour défendre des causes envers les plus démunis. Elle se donne totalement en y consacrant du temps et sans rien attendre en retour. Ce qui importe à ses yeux, c'est de soulager les souffrances des autres. Elle ne redoute pas les tâches pénibles ou socialement dévalorisées. Être disponible, utile et serviable compte beaucoup pour elle. Elle s'épanouit dans toutes les professions de services, dans l'action sociale, l'humanitaire, le soutien aux personnes âgées, aux handicapés et aux plus défavorisés.

Son cœur est sensible mais solide, sa capacité à comprendre l'autre est réelle. Elle évolue facilement dans le domaine de la psychologie, de la thérapie et du coaching, car son aisance pour sentir et ressentir lui permet d'être à l'écoute des émotions et d'être empathique pour aider les autres à surmonter leurs difficultés existentielles. Le domaine social est certes son lieu de prédilection, mais L'Altruiste a toujours besoin de s'épanouir sur le plan affectif et sentimental. Elle place souvent ses amours, sa famille et son foyer au centre de ses priorités.

24. L'INTER-DÉPENDANTE

L'ESPRIT DE LA CARTE

Humble, modeste, la femme Interdépendante ne craint pas le dépouillement, voire la frugalité. Les choses superflues ou futiles ne lui procurent aucun plaisir. Sa motivation réside dans le lien aux autres, le plaisir d'être utile et le sentiment d'appartenance. Solidaire par nature, elle aime avoir le sentiment de faire partie d'un tout et jouer son rôle dans la grande toile universelle. Tout ce qui touche au rapprochement, au lien, à l'affection et à l'amour fait partie de son quotidien. Ce qui est essentiel à ses yeux, c'est de se sentir en interdépendance.

Depuis l'origine de la vie sur Terre, tous les organismes sont interdépendants. La vie des uns influence la vie des autres. Personne ne peut vivre en vase clos. Nous appartenons tous à un vaste réseau complexe dans lequel nous prenons part dès que nous respirons et dès que nous mangeons. Il existe une interdépendance étroite et sans cesse croissante qui unit aujourd'hui tous les hommes et tous les pays. Vivre pleinement cette connexion entre les règnes minéral, végétal, animal et humain représente l'enjeu majeur de notre XXIe siècle. Les femmes sensibles à ce défi majeur semblent douées pour ressentir la corrélation entre les êtres. Aux côtés de la femme interdépendante, elles s'activent et déploient leurs ailes aujourd'hui au gré des besoins de leur entourage, touchées plus par le destin du monde que par leur intérêt personnel.

LE TALENT EN QUESTION

Quand nous, les femmes françaises, nous défendons haut et fort l'alimentation vivante, l'allaitement naturel, le contrôle des vaccinations, l'homéopathie, la naturopathie, la contraception naturelle, le droit à l'avortement, la non-excision des jeunes filles et d'autres causes utiles pour l'humanité tout entière, c'est que quelque chose en nous ressent ce besoin de respect et de liberté qui corrobore avec les mêmes besoins pour toutes les femmes de la terre.

Ce talent rime avec un profond sentiment d'appartenance. Il consiste à se vivre comme un élément faisant partie de ce grand tout, la planète Terre. C'est grâce à ce talent que L'Interdépendante pense grand et large, qu'elle réfléchit en termes de causalité, ajoutant comme point d'ancrage à ces actions, la solidité des liens du cœur.

LE GÉNIE EN ACTION

Sur un plan plus vaste, l'humanitaire, l'écologie, l'environnement ainsi que les causes nobles comme la défense de la flore et de la faune, la protection des peuples autochtones ou des droits internationaux sont des domaines privilégiés où vous évoluez avec bonheur. Votre penchant pour la coopération, l'entraide et la solidarité pourraient bien être un talent capable de sauver l'humanité.

TERRE DE CONFIANCE

CETTE SÉRIE TERRE DE CONFIANCE MET EN évidence les modes de confiance en soi et en l'autre. Elle éclaire notre capacité à nous positionner socialement. Trouver la bonne terre pour soi est primordial. Parfois, notre terre natale, là d'où l'on vient, ne s'est pas révélée suffisamment bonne pour notre épanouissement. Il est parfois utile de la bonifier en lui apportant de l'eau et un bon engrais.

Les neuroscientifiques parlent aujourd'hui d'assertivité pour évaluer la place que nous prenons spontanément dans un groupe, c'est-à-dire de manière irrationnelle – sans raison objective – et instinctive. La confiance en soi amène une posture assurée, ni trop dominante, ni trop soumise. La confiance en l'autre permet d'affirmer ses valeurs, ses sentiments et ses convictions face aux autres, sans attitude éthérée ou naïve, et sans posture marginale. Être une femme assertive revient à se positionner sur quatre axes de la confiance de manière neutre : pas trop de dominance, pas trop de soumission, pas trop de marginalité, pas trop d'axialité.

LES 4 CARTES **TERRE DE CONFIANCE**

25. L'Enfant du beau temps

26. La Fillette effarouchée

27. La Demoiselle aux cheveux d'ange

28. La Statue de pierre

25. L'ENFANT DU BEAU TEMPS

L'ESPRIT DE LA CARTE

Voyez comme cette carte inspire la paix, toute bercée par les blés qui dansent paisiblement sous les rayons du soleil. Cette douce sérénité indique comment la nature même de la vie est faite de confiance et de tranquillité. La confiance est un état d'être spontané. Elle est la certitude que même si rien n'est sûr, le meilleur peut arriver. Quand nous sommes joyeuses et confiantes, nous ne pensons pas au pire. Nous chantons, nous dansons, nous rions. Nous sommes naturellement foisonnantes.

Cette carte où les oiseaux volent joyeusement autour de l'enfant annonce que notre foi dans la vie est source de providence. Cette qualité de confiance providentielle est notre état naturel à la naissance. Être comme L'Enfant du beau temps n'est rien d'autre qu'une manière de jouir de cette douce sensation que tout est possible et que notre vie sera belle en toutes circonstances.

Confiance en soi et sécurité intérieure vont bien ensemble. Les biologistes disent que dans l'histoire, les hommes ont veillé à la sécurité du foyer et de leur épouse. Les neuroscientifiques expliquent que les cerveaux des hommes et des femmes sont à l'identique et que seul l'environnement culturel induit des comportements différents chez les hommes et les femmes. Qui croire ? Croire, c'est bien, mais expérimenter est toujours mieux. Donc place au concret des choses. L'Enfant du beau temps vous invite à expérimenter, à ressentir puis à observer. Quand vous êtes en confiance, vous osez plus, vous assurez vous-même votre sécurité intérieure et vous pouvez rejoindre les hommes pour fêter l'amour et cocréer un jardin neuf.

LE TALENT EN QUESTION

Vous êtes d'un naturel optimiste. Vous pouvez même être chanceuse et votre bonne fortune vient de votre talent à voir les choses de manière assurée. Vous bénéficiez d'une sécurité intérieure à toute épreuve, votre confiance en vous représente votre propre assurance vie. Vous n'utilisez pas cette confiance en excès, vous l'équilibrez au milieu de vos autres talents ce qui induit chez votre entourage l'envie de vous côtoyer. Grâce à cette foi naturelle, vous êtes une inspiratrice née.

Si parfois vous faites preuve d'un excès de confiance en vous ou si vous montrez beaucoup trop d'assurance, vous pouvez être perçue comme intimidante. Vous exprimer facilement et avoir une bonne image de vous-même demeurent des qualités précieuses. Mais si vous occupez sans cesse le terrain et si vous dévalorisez les autres, sans toujours vous en rendre compte, ces deux tendances sont en réalité des procédés de déstabilisation envers autrui. La tempérance de la confiance peut être de bon augure.

LE GÉNIE EN ACTION

Cette carte vous invite à utiliser le bon génie de la confiance pour défendre vos droits et exprimer vos sentiments et vos convictions de façon sincère et appropriée. Utiliser votre confiance en excès pourrait vous nuire, car une tendance à dominance peut mener à l'agressivité. Il vous est conseillé ici d'utiliser votre confiance pour occuper des postes à responsabilités, un travail en libéral, une fonction de dirigeante. En effet, votre foi sans faille peut vous aider à inspirer les autres et à les guider sans pression.

Une haute position sociale peut être fortunée à condition de communiquer et de négocier sans chercher à manipuler ou à intimider l'autre. Cet enfant qui gazouille sereinement au milieu des blés dorés vous suggère d'agir au mieux pour vos intérêts et l'intérêt de la collectivité, dans une attitude « gagnant-gagnant ». C'est dans cette quête d'équilibre que vous pouvez vous épanouir pleinement et occuper votre juste place.

26. LA FILLETTE EFFAROUCHÉE

L'ESPRIT DE LA CARTE

Voici une fillette tout intimidée par le monde extérieur. Le moindre sursaut extérieur pourrait la coucher au sol. Le fait de s'être mise à genoux nous montre comment une posture fragile et docile nous positionne d'emblée comme une femme soumise. La Fillette effarouchée possède si peu d'estime d'elle-même que son regard reste voilé par ses peurs et son manque de confiance. Sa crainte excessive la transforme en femme-enfant. La femme soumise en elle représente son poison. C'est de ce venin qu'il est question dans cette carte.

Quelle est cette peur qui emprisonne les femmes dans des situations d'obéissance et de violence ? Quel mal intérieur les ronge pour éviter de contacter leur propre confiance en elles ?

Pour certaines d'entre nous, la confiance en soi réclame un travail de conscience et d'apprivoisement. Lorsque nous sommes habitées par une timidité excessive, un rien nous apeure et notre inconfort peut devenir permanent. Nous nous laissons facilement manipuler ou intimider. Il n'est pas rare qu'à cet endroit de vulnérabilité et de danger, la vie nous suggère de progresser. Progresser veut dire alors être en mesure de refuser certaines situations, de poser clairement nos limites et de faire des demandes à notre entourage personnel, amical ou professionnel, en assumant toutes les conséquences.

LE TALENT EN QUESTION

Cette fillette vient réveiller notre potentiel d'affirmation. Elle nous dit que nous pouvons tous les jours progresser, que rien n'est figé et que nous avons notre propre monde de femme à défendre. La planète est peuplée d'hommes et de femmes pris aux pièges du duo infernal de Dominance-Soumission. Malgré nos modestes progrès, les belligérances et les religions maintiennent les femmes dans une situation de victimes. Derrière cette victimisation se cultive en sourdine la soumission des femmes. C'est un cercle vicieux certes, mais pas inexorable, pour peu que nous prenions conscience de notre puissance d'affirmation. Il existe un curseur intérieur qui pourrait tout changer. Un curseur progressif ou carrément exceptionnel qui a comme pouvoir de provoquer des déclics personnels ou collectifs.

En 1860, en Angleterre, Florence Nightingale, pionnière des soins infirmiers modernes, ouvre l'école des infirmiers et infirmières qui existe toujours. Elle affirmait « qu'une infirmière ne devrait rien faire d'autre que soigner. Si vous voulez des femmes de ménage, engagez-en. Les soins infirmiers sont une spécialité ». En France, j'aime citer le mouvement féministe et les pas de géant engagés par Gisèle Halimi et Simone Veil qui ont fait bouger les droits des femmes. Aujourd'hui, l'association Pépite sexiste lutte contre le marketing sexiste qui utilise les stéréotypes pour vendre, participant ainsi à enfermer hommes et femmes dans des rôles prédéfinis. À l'heure où j'écris ces quelques phrases, un livre inédit vient de paraître chez Gallimard : En avant toutes, Les droits des femmes après #MeToo. Un recueil de dessins de presse sur les droits des femmes, réalisés par des auteurs et auteures du monde entier et écrit par Laure Adler, avec une postface d'Amnesty international . Ces prises de position montrent que les femmes peuvent se relever. Croyez-vous encore que le manque de confiance en soi peut se vivre comme une fatalité ?

LE GÉNIE EN ACTION

En tant que femme, avoir du caractère est une bonne chose, sinon on se fait manger. Cette carte parle d'un génie sur lequel vous pouvez progresser : l'affirmation de vos idées, de vos convictions intimes et de vos projets. Quelle opinion amoindrie et quel mauvais présage vous laissent à penser que vous ne valez rien et que l'humanité va avancer sans votre implication. Redressez votre posture, retrouvez la foi en vous-même et commencez à danser votre propre swing. Vous pourrez observer jour après jour vos progrès : un pas en avant, puis un autre plus affirmé, puis un autre encore plus obstiné. Vous avez le choix entre monter le curseur de votre confiance en vous ou vous résigner à vivre à genoux.

Si vous avez tendance à parler du bout des lèvres ou à aimer du bout du cœur, c'est que votre génie d'affirmation appelle à une réelle mise en route. Voyez comme il peut respirer la liberté de créer la vie que vous voulez vivre. Voyez comme il vous libère du poids des contraintes et des obligations auxquelles vous avez tendance à obéir inconsciemment. Il vous appartient de relever cette Fillette effarouchée et de lui offrir une vie meilleure. Cela dès maintenant.

27. LA DEMOISELLE AUX CHEVEUX D'ANGE

L'ESPRIT DE LA CARTE

Cette carte montre une demoiselle enveloppée de soie rose et fluide et dont les cheveux flottent dans les airs avec insouciance. Cette jeune fille possède quelque chose de céleste, elle semble presque éthérée. Sa foi absolue paraît entrer en communion avec le ciel comme pour lui dire : « Vois, je ne crains rien. » Si bien qu'elle évolue en société comme un poisson dans l'eau.

Lorsque notre confiance est comme ici poussée au plus haut point, elle peut se changer en naïveté et en candeur dont certaines personnes pourraient tout à fait abuser. Certaines d'entre nous connaissent ce que c'est d'être trop vaporeuse et trop confiante. Nous nous rendons à une soirée le nez au vent et le cœur grand ouvert, nous intégrons le groupe facilement, nous dansons, nous chantons, bref nous nous sentons chez nous jusqu'à suivre des inconnus sans la moindre méfiance. Et là, le meilleur peut arriver comme le pire. C'est malheureusement le style de mauvaise expérience que certaines femmes racontent dans l'intimité des cercles.

La confiance en l'autre devient un véritable atout quand nous savons tracer nos limites et placer suffisamment de garde-fous pour éviter les écueils parfois catastrophiques dans lesquels nous pouvons tomber. Nous avons toujours le choix d'accepter ou de refuser certaines choses en toute conscience. Une femme assertive, c'est-à-dire avec un bon degré de confiance en elle, ni peu ni trop, sait défendre ses droits quand c'est utile à sa propre sécurité.

LE TALENT EN QUESTION

Avoir confiance en l'autre est une bonne chose puisqu'elle nous permet de nous intégrer facilement dans n'importe quel nouveau groupe de personnes. Nous pouvons prendre notre place au milieu d'une foule sans problème. Nous pouvons adresser la parole à quelqu'un d'inconnu sans crainte particulière. Nous avons aussi cette capacité de pouvoir comprendre les autres, même s'ils ne disent rien. Nous ressentons tout, nous captons les pensées et les sentiments de notre entourage. Nous sommes connectées à notre environnement, et cette reliance fait de nous une femme relationnelle par nature. Alliée à différents talents, cette confiance dans les autres tisse le fil d'opportunités magnifiques en termes de réseau, d'amitié et de partage relationnel tous aussi bénéfiques les uns que les autres. C'est comme si la toile généreuse de l'univers tendait constamment ses bras vers nous.

LE GÉNIE EN ACTION

Si cette carte vous parle, vous n'avez peut-être pas de problème de confiance inscrit dans votre cerveau, et c'est tant mieux ! Vous êtes facilement témoin de merveilleuses synchronicités, car vous avez intégré les grandes lois de l'univers comme la loi d'attraction, la loi d'abondance, l'effet papillon… Vous vous attendez toujours à ce que quelque chose de grand et de bon se produise. Il s'agit là d'un élément clé de la loi d'attraction. Quand vous êtes suffisamment confiante en l'avenir, vous ne vous attendez pas au pire comme le font certaines femmes trop anxieuses ou trop méfiantes. En fait, vous vous attendez au meilleur ! Et cela vous entraîne sur une voie radieuse où vous obtenez ce dont vous avez besoin.

Malgré sa nature presque trop immatérielle, la confiance absolue de la Demoiselle aux cheveux d'ange vous invite à faire preuve de gratitude envers la vie et envers les personnes que vous côtoyez. Soyez consciente de ce que l'univers vous apporte en termes d'abondance et d'amour, car témoigner votre gratitude envoie la bonne énergie dans l'univers. Fuyez les commérages et les jugements sur les autres pour privilégier une attitude positive attirant des événements positifs. Lorsque vous comprenez que vous ne pouvez pas tout contrôler, vous pouvez mieux vous laisser porter par le courant. Si vous ajoutez à cela la responsabilité de votre vie et de vos actions, ainsi que quelques graines particulières de talent, il vous reste juste à partager votre foi pour qu'elle devienne un véritable don de communication, de cocréation et d'harmonisation au service du grand tout. Et puisque vous êtes d'une nature optimiste et que votre âme de femme se trouve à ce point remplie de confiance et de légèreté, prenez aussi le temps de profiter de la vie en compagnie des autres.

28. LA STATUE DE PIERRE

L'ESPRIT DE LA CARTE

Quand nous nous isolons, nous devenons dures et sèches. Nous ressemblons à ces statues de pierre qui ornent les palais, toutes oubliées et recluses au fond des jardins. Quelle main délicatement caressante serait assez habile et douce pour nous extraire de ce manteau de pierre.

Voyez autour de vous comme certaines personnes ont tendance à entretenir leur crainte des autres. Quand nous sommes pris aux pièges de cette peur archaïque, nous avons du mal à sortir de chez nous et à faire confiance au monde environnant. Nous ressassons nos angoisses et nous tricotons toute une panoplie de jugements, rendant fatalement le monde injuste et méchant. Cette tendance à la marginalité isole, sépare et désunit. Dans les moments de rage ou de rancune, nous voilà même tentées de dire que les gens nous ont abandonné. Mais c'est le manque de confiance dans les autres qui est là plus profond qu'une simple émotion ou qu'un simple vide affectif. Il émerge d'un cerveau archaïque, le cerveau paléo-limbique, qui gère la survie collective. La peur des autres, la difficulté à prendre sa place dans un groupe, l'inconfort ressenti dans la proximité de l'autre sont les marques de fabrique de cette forme de marginalité.

LE TALENT EN QUESTION

Vous sentez parfois que votre manque de confiance dans les autres est difficile à faire bouger. Vous avez tendance à vous méfier de certaines personnes dont vous ressentez la présence comme une menace. Le groupe peut même vous sembler étrange, voire inquiétant, même si objectivement vous sentez de la bienveillance autour de vous. Cette gêne peut vous donner envie de vous isoler. Si le talent d'intégration vous manque cruellement, il est probable qu'une part de vous cherche à comprendre les codes sociaux de votre milieu. Votre sentiment de ne plus appartenir à un groupe peut devenir insupportable. Finalement, cet inconfort vous pousse avec bonheur à faire évoluer votre comportement de méfiance.

LE GÉNIE EN ACTION

L'invitation ici est de tout faire pour changer votre méfiance des autres en aisance et en agilité. Observez vos comportements en société et voyez qui vous êtes : une personne à l'aise pour rencontrer des gens qu'elle ne connaît pas, une femme sûre d'elle en société ? Si vous souffrez de marginalité, tentez de petites expériences. Rendez vous dans des lieux de rencontres et expérimentez l'intégration petit à petit et à votre rythme, sans forcer, en pointant vos petits pas : le premier jour, allez à la rencontre de quelqu'un de plutôt sympathique et discutez, le lendemain prenez un verre et exprimez vos pensées, vos convictions de façon sincère, sans peur, sans agressivité… Progressivement, intéressez-vous à l'autre, écoutez-le sans jugement, sans inquiétude. Il est question ici de faire bouger la femme de marbre qui vous empêche de vivre des liens épanouissants. Il est probable que ces petits pas vous apporteront progressivement plus d'assurance et de confiance pour prendre votre place au milieu des autres.

VENTS CONTRAIRES

CETTE SÉRIE MET EN LUMIÈRE LES MOTIVATIONS **conditionnées et des empêchements.** Tout ce qui engendre de la pression et du stress et qui obéit au fameux « Je dois. Il faut » et tout ce qui nous pousse à freiner notre expansion est exprimé dans cette série de cartes. Quand notre niveau d'exigence et de performance se trouve poussé au plus haut point sans pouvoir aboutir, cela peut signifier que nous forçons les choses au risque de provoquer en nous des sentiments désagréables et complexes. Nos actes de compensation ou d'évitement, mais aussi nos aversions ou nos intolérances expriment dans quelle mesure nous évitons ou nous rejetons certains comportements. Nos freins, nos empêchements, nos croyances négatives, nos compensations apportent en définitive leur lot de désagréments.

Les cartes VENTS CONTRAIRES illustrent comment l'écheveau de notre propre destin se nourrit de drames et de pulsions. La symbolique du vent représente bien la nature même des empêchements. Ouragan contre lequel nous luttons, petite brise légère qui nous pousse à l'illusion, vent abyssal qui nous plonge dans le néant… Tous les ingrédients viennent ici danser sous nos yeux, éclairant d'un seul coup d'un seul, nos résistances et nos obscurités.

Obéir à des conditionnements ou freiner des quatre fers, c'est comme se tenir à l'ombre d'une gare sans jamais monter dans un train. Dans un langage plus commun, c'est comme « pédaler dans le yaourt ». Nous avons la sensation d'avancer mais rien ne se passe. Nous faisons des efforts ou bien nous nous interdisons d'en faire, notre motivation se trouve déviée de son sens et de notre propre plaisir. L'enjeu consiste à remonter le fil de nos résistances, à les désenchevêtrer pour en défaire les nœuds et à présenter la voile de notre embarcation sous un vent plus doux et plus propice au beau voyage.

Cette série apporte beaucoup d'éclairages sur nos impasses identitaires, nos conflits intérieurs, nos chocs intérieurs. Elle aide à sortir des projets « clés en main » de nos parents, projets qui ont souvent tendance à interdire nos vocations spontanées de petite fille.

LES 6 CARTES **VENTS CONTRAIRES**

29. **L'Ouragan des contraintes**

30. **Les Brises rêveuses**

31. **Le Courant abyssal**

32. **Les Bourrasques excitantes**

33. **Le Vent froid du désamour**

34. **Le Souffle de l'évitement**

29. L'OURAGAN DES CONTRAINTES

L'ESPRIT DE LA CARTE

Ici, le vent souffle si fort sur le chemin qu'il pourrait le rendre tortueux. Au loin, la mer est devenue très dangereuse et des pluies torrentielles s'abattent sur le rivage. Ce n'est pas tant la force du vent qui est inquiétante, c'est le fait que l'ouragan souffle dans le sens contraire, empêchant toute avancée à la jeune femme qui se trouve sur le chemin. Ainsi se retrouve-t-elle maintenue sur place, figée, immobile, luttant de toutes ses forces, incapable de faire ce pas de plus qui pourrait la balayer. Que fait cette femme au milieu de ce danger imminent ? Que vient-elle chercher et où va-t-elle ? A-t-elle commis cette erreur commune de sortir inspecter les dommages en pensant que la tempête est terminée alors même que le cyclone, encore enroulé sur lui-même, continue de tourbillonner et de ravager tout sur son passage. Vit-elle un choc du destin prêt à l'anéantir ?

Dans certains pays où les libertés sont réduites à néant, les conditions météorologiques de l'existence sont des plus extrêmes pour les jeunes filles et les femmes. Mariages forcés, visages défigurés à l'acide, excisions, viols, emprisonnements, prostitution… Quel autre symbole qu'un cyclone pourrait mieux symboliser ce ravage fait aux femmes ? Même dans nos vies ordinaires, des ouragans plus communs peuvent advenir. Perte d'êtres chers, perte d'un emploi, maladie grave… représentent les vents forts avec lesquels nous avons parfois rendez-vous et qui peuvent provoquer des effondrements. Lorsque de telles masses nuageuses pèsent sur nos épaules, nous n'avons parfois que des galères au menu de nos journées. Puiser dans notre courage pour ramener un temps plus clément est alors à l'ordre du jour.

Très souvent, l'ouragan est en nous. Il nous serre, nous restreint et nous rétrécit. La contrainte vient du haut de notre mental, comme un juge, comme un bourreau. La sentence est quotidienne, les ordres sont constants. « Fais comme ci, fais comme ça », « C'est pas assez ma pauvre, t'es carrément nulle », « Tu crois que tu vas t'en sortir comme ça, eh bien non, c'est pas suffisant ». Et ce n'est jamais assez. Il faut toujours plus. Il y a toujours plus de pression, plus d'effort, plus de tension. Nous nous sentons constamment bridées. Nous nous retrouvons à faire des choses imposées qui nous plongent dans le labeur. Pieds et mains liés, nous plions sous le poids des contraintes, des obligations et des conventions. Finalement, nous nous retrouvons broyées, tellement droites et tellement fatiguées.

LE TALENT EN QUESTION

Face à la contrainte, votre talent peut prendre plusieurs visages. Patience pour faire face aux aléas de la vie, le temps que l'ouragan passe et que la reconstruction puisse se faire. Calme et espoir pour vous à qui on vole la liberté. Confiance et affirmation si vous êtes plutôt timide et peureuse. Lucidité et conscience pour vous qui n'écoutez pas les avertissements, même quand un drame imminent vous est annoncé. Courage lorsque le destin vous jette à terre. Force pour vous qui luttez, envers et contre tout, pour votre liberté. Mais lorsque l'ouragan vient de l'intérieur de votre psyché et que vous vous mettez vous-même la pression, voyez comment votre charge mentale s'amplifie de jour en jour. Cette vie de contrainte et de stress permanent risque fort de vous transformer en « une pas contente de la vie ».

Votre talent consiste à développer votre capacité d'auto-maternage, cet art personnel du prendre soin. Traquez votre juge intérieur, remontez à la source de cette attitude contre vous-même. Quelle personne ou quel événement a pu provoquer cette auto-aliénation ?

LE GÉNIE EN ACTION

Ici, votre génie consiste à vous coucher et à vous lever quand bon vous semble, à travailler à votre rythme, à voir des amis que vous aimez, à vous décider pour une séance ciné un quart d'heure avant la séance, à écouter vos envies spontanées de sorties et de voyage… Bref, à vous donner du bon temps.

Cette carte vous enseigne la résilience. Revenez à votre passé, déroulez le film, plongez dans l'émotion, libérez-vous de vos chaînes. Recontacter vos talents spontanés est de bon augure. Cherchez-les au-delà des fidélités familiales et culturelles. Bonifiez votre vie quotidienne en y ajoutant des moments de plaisir et de détente. Marchez vers votre joie en accordant du temps aux rencontres nourricières et porteuses de légèreté. Vous verrez que, progressivement, le fer dur et rigide des contraintes va disparaître, et votre existence va ressembler à un grand champ de blé souple et étincelant comme de l'or.

30 LES BRISES RÊVEUSES

L'ESPRIT DE LA CARTE

Certaines femmes semblent plus avides que d'autres à l'idée de réaliser leurs projets. Mais elles ne sont pas pour autant à l'abri de la torpeur ou de la rêverie. Celle-ci peut s'étendre dans leur vie quotidienne comme un épais brouillard. Il n'est pas rare que le rôle critique de la société, des injonctions familiales et de l'éducation en général envers ces femmes curieuses et inventives crée en elles un complexe psychologique énorme. La chirurgie psychique des parents est parfois telle que leur moindre sursaut d'invention est immédiatement brisé. C'est pourquoi certaines d'entre nous vivent parfois des instants dramatiques où elles doivent nager à contre-courant pour regagner le bord, la bouche grande ouverte et le souffle court. Dans ces moments-là, toute rêverie reste vaine, la vie les pousse simplement à sauver leur peau.

La carte des Brises rêveuses montre une femme plutôt éthérée, attirée par les nimbes d'un vent ouaté. De quoi rêve-t-elle ? D'un amoureux, d'un prince ? D'un voyage époustouflant qui la ferait revivre ? Il est possible que ses rêves ne soient pas réellement inconsistants mais qu'ils aient juste du mal à se fixer. Peut-être n'a-t-elle pas appris à se retrousser les manches. Ou bien est-elle attirée par une féminité romantique et vaporeuse ? Ainsi reste-t-elle prisonnière de ses balbutiements. Le mieux pour elle serait d'aller retrouver les hommes et les femmes qui racontent les péripéties de l'existence, les exploits, les échecs, les joies, les peines, autour d'un café en terrasse, histoire de plonger dans la vraie vie.

LE TALENT EN QUESTION

Le talent s'expose dans cette carte dans sa forme la plus diluée, la plus cachée et la plus retenue. N'avons-nous pas toutes en nous cette part féminine indéfinie qui nous pousse à taire le moindre élan de créativité ? Quelle graine magique cherchons-nous à dissimuler ? Quelle plantation cherchons-nous à étouffer ? Les Brises rêveuses apparaissent parfois comme une illusion typiquement féminine. Le songe est doux, l'ambiance est délicate comme la soie rose d'une lingerie fine. Mais la femme se retrouve déshabillée, nue comme un ver, à la merci de n'importe quelle tempête violente. Elle voudrait agir mais elle est prise de faiblesse et de doute. Elle rêve d'accomplir des choses mais l'entreprise lui semble colossale.

Néanmoins, toute princesse possède en germe son propre potentiel de réveil. C'est un baiser d'estime que le prince vient tendrement déposer sur ses lèvres. Cette demoiselle aux yeux clairs a bien à faire pour revenir à la vraie vie. Pourtant, le chemin de son talent, c'est simplement son plaisir à elle, le réveil de sa part masculine. Mais saura-t-elle l'emprunter pour boire à la source de qui elle est vraiment ? Saura-t-elle rattraper la dentelle de ses rêves pour en assembler les morceaux avec patience et créer un habit inédit, son habit personnel, un habit cousu main. Sous ces allures aériennes, cette carte messagère est en réalité une véritable invitation au réveil et au renouveau.

LE GÉNIE EN ACTION

Votre bon génie vous envoie ici une lettre décapante. Il est dangereux de river au sol votre créativité comme vous attachez les ballons légers attrapés dans les fêtes foraines. Le temps d'une distraction, les fils peuvent céder et les ballons s'envoler. Cette carte insiste : vivre, c'est d'abord décider. Et décider revient à évaluer votre propre soif de vous-même, votre propre faim d'une créativité assumée. Voyez comme le monde est orphelin de vous. Voyez comme peut s'allumer en vous une certaine impatience à croire à vos talents et à les exprimer. Sentez-vous ce pétillement en vous-même, ce désir fort d'entendre comme un pschitt, à la manière d'une bouteille qui libérerait enfin les bulles d'une boisson pétillante.

Nous sommes tous, hommes et femmes, des êtres de projet. Mais sur quelles blessures et sur quelles croyances vous tenez-vous appuyée, fragile et chancelante, exposée au moindre courant d'air ? Il est question ici de retrouver votre destination, de retrouver votre swing, d'inventer votre propre style. Profitez de cette carte pour revenir à vous-même et à votre consistance. Fuyez les rêveries solitaires, extirpez-vous des halos opaques de vos apprentissages passés. Identifiez clairement vos résistances et traversez-les. Voyez tout ce qui dans votre histoire vous a empêché de croire en vous. Puis dans un sursaut de confiance et d'estime, incarnez-vous et offrez vos talents au monde !

31. LE COURANT ABYSSAL

L'ESPRIT DE LA CARTE

L'esprit de la carte exprime comment parfois l'envie de faire des choses bonnes pour notre vie côtoie en nous l'envie de batifoler ou de se perdre dans le superficiel. Quelque chose de frivole et de malsain nous habite du soir au matin. Est-ce une envie de profiter des plaisirs de la vie ? Ou bien est-ce l'envie d'en oublier les vicissitudes ? Ce qui est sûr, c'est que nos talents se trouvent là complètement anéantis. Tabac, drogue, sexe, dépendance amoureuse… sont le lot de cette part féminine aux tendances dissolues. Certaines actrices ou chanteuses ont plongé dans ces travers. La déviance les a souvent emportées en pleine gloire ou en pleine jeunesse.

Cette part existe chez certaines d'entre nous. C'est comme si, à notre insu, une inconnue s'était glissée subtilement dans notre ordinateur de bord, nous ressemblant point par point, connaissant toutes nos données et couvrant les moindres parcelles de nos secrets. Elle est nous. En nous épiant constamment, elle nous poignarde, elle nous tue. En médisant sur notre compte avec un mélange de jus et d'acide, elle nous laisse comme un toxicomane perdu dans la nature. Toutes les pistes qui nous souriaient se sont refroidies et notre flair s'est envolé. Au bout d'un moment, sans shit ou sans cocaïne, soit nous dépérissons, soit nous devenons folles de rage. Une gifle affolée pourrait nous écraser, des peurs gigantesques pourraient nous faire voir des diables partout. C'est pourquoi une quantité de nuages maléfiques font tourner la tête de la femme peinte sur cette carte.

LE TALENT EN QUESTION

L'aveuglement et l'inconscience procurés par les comportements déviants s'expriment bien dans cette expression commune : « Cette fille-là file du mauvais coton ! » De tout temps, les femmes ont été les championnes des conditionnements. Le pouvoir masculin a tant pesé sur leurs épaules qu'elles ont dû se taire, s'adapter sans cesse et utiliser toute une panoplie de circonvolutions pour s'en sortir. À force d'adaptation, elles finissent parfois par se conformer et vivre des petites vies douloureuses. Elles finissent par accepter le « pas beau » de leur existence, soit comme une fatalité, soit comme une normalité, ce qui est finalement bien plus dommageable.

La déviance est sournoise, elle nous entraîne au loin comme les courants de baïnes en bord de mer. Ce genre de piège peut emporter les meilleurs nageurs en une poignée de secondes. La vitesse et le débit du courant sont parfois impressionnants. En Australie, où la courantologie est une science appliquée au quotidien par les sauveteurs côtiers, des produits colorés ainsi que des balises dérivantes permettent d'étudier le sens de ces courants. Les points de vue sont formels : le courant reste maître et rien ne sert de lutter contre lui. Essayer de comprendre là où le courant veut nous amener et sortir de la zone aussi vite que possible sont les meilleures solutions.

Comprendre et s'extraire du courant mauvais. Voilà le talent à cultiver. L'entourage proche, un thérapeute confirmé, un travail psychologique important jouent un rôle majeur. Seul ce soutien assidu peut se révéler salvateur, parce que l'unique véritable issue est la désintoxication. Le talent consiste à nous sevrer de cette part nocive qui nous écarte de notre propre épanouissement. Pour cela, l'audace et le courage deviennent de précieux alliés. À cet endroit de l'ombre, il n'y a qu'un remède possible : tisser de la force et en faire notre pilier. Progressivement, le battement de la vie va se faire entendre. La vie pure va se remettre à couler tranquillement.

LE GÉNIE EN ACTION

Si cette carte parle de vous, vous êtes invitée à fixer la nappe de brume maléfique qui a pris trop de place dans votre existence. Cette brume cache les dégâts engendrés par certains de vos choix. Où était votre libre arbitre à ce moment-là ? Et quelle violence vous infligez-vous encore plutôt que de rendre votre vie plus belle ?

Il s'agit ici de vous reconcentrer, de vous rassembler pour apercevoir le « pas beau » de votre quotidien. Entourez-vous de personnes positives et nourricières. Faites un bond dans votre passé pour revisiter vos schémas. Prenez le temps d'opérer quelques constats. Quels ingrédients de l'enfance ont tricoté à votre insu le pull noir de la dépendance ? Dans quel lit dangereux avez-vous finalement glissé, vous laissant ainsi déviée de vos forces de vie et de votre vrai potentiel ?

Prenez la décision de vous en sortir en affichant clairement et à haute voix votre intention de changer de vie. Vous pouvez créer une sorte de mantra pour éviter la rechute, l'éparpillement, et revenir périodiquement à la force et la clarté de votre intention. À partir de cette phrase courte répétée souvent, ce mantra vous offrira un ancrage structurant pour tenir votre intention de transformation. Jour après jour, vous verrez quelques graines robustes réapparaître dans votre existence, prêtes à réensemencer votre destinée.

32. LES BOURRASQUES EXCITANTES

L'ESPRIT DE LA CARTE

Avez-vous remarqué comme certains hommes et certaines femmes ont tendance à privilégier le faire plutôt que l'être. La société participe à cette course effrénée. Il faut plus de performance, plus de rendement, plus d'excitation. Le « Je dois, il faut » est poussé à l'extrême. L'action devient séduisante et se transforme hyper-action, avec plus de ci, plus de ça, encore plus, toujours plus. Ce comportement est tout à fait visible dans l'hyper-performance de la mère qui se sacrifie pour ses enfants, dans l'hyper-rendement d'un cadre au bureau, dans l'hyper-sexy girl toujours au top pour plaire… Ces comportements sont en réalité de l'ordre d'un surinvestissement émotionnel. Ce surinvestissement s'exprime à travers des attitudes excessives comme, par exemple un excès d'enthousiasme, une anxiété démesurée, une envie de bien faire disproportionnée. Cela s'accompagne souvent d'insatisfaction ou d'une sensation de ne jamais en faire assez, malgré les bons résultats obtenus dans cette action. On adore faire quelque chose mais avec la peur d'échouer ou la peur de ne pas en faire assez. Regardez cette carte qui dépeint une femme emportée par une bourrasque impressionnante. Les feuilles tourbillonnent, les branches des arbres plient et la femme se retrouve comme électrisée par la force du vent. Difficile de voir si elle est joyeuse, contusionnée ou simplement inquiète tant le vent redouble de force. Seule sa robe déchirée laisse à penser que la scène n'a rien d'agréable et de joyeux. Emportée par les bouffées excitantes, la dame risque fort d'être jetée au sol quand le souffle sera retombé. Peut-être a-t-elle cru plonger dans le divertissement de la vie à force d'agir et d'accomplir dix mille tâches à la fois. Peut-être a-t-elle cherché à compenser un vide d'amour tout au fond d'elle et à moissonner quelque chose de bon qui n'est jamais venu. Certes, son hyper-action devait être excitante, mais au bout du compte, elle ne récolte que vent fort et poussière noire.

LE TALENT EN QUESTION

Trop de force nous fait finalement basculer dans l'épuisement. Le meilleur moyen de cesser la lutte contre soi-même consiste à descendre l'autre versant, de laisser la dépression faire son travail. Lorsque nous avons trop agi par compensation vient le temps de la décompensation. C'est le fameux burn-out souvent pris pour une pathologie d'excès de travail. En réalité, cet excès raconte tout autre chose et parle de nos blessures profondes. Il trahit des comportements inappropriés appris dès l'enfance pour obtenir de l'amour, un amour qui n'est jamais venu. La reconnaissance et l'affection n'étant pas au rendez-vous, le seul moyen de l'obtenir à l'âge adulte est de surinvestir.

L'inéluctable effondrement offre alors des possibilités de renouveau. Après la pression vient la dépression, la dépression n'est alors qu'un grand sas de récupération, qu'une surprenante opportunité de faire un travail sur soi pour voir en réalité ce que le surinvestissement émotionnel vient taire. Parce que sous l'allure de bourrasques excitantes se cache une petite fille blessée en attente d'amour et de reconnaissance.

LE GÉNIE EN ACTION

Nul besoin de pilule magique pour éviter cette décompensation. Nul besoin d'artifice pour cacher les dégâts. La guérisseuse est en vous. En respirant l'énergie de cette carte, sans doute aurez-vous un semblant de vertige. Tant mieux, le vertige inhibera peut-être un peu votre mental qui vous pousse à agir sans cesse. Ce sera l'occasion pour vous de faire le ménage, de revisiter vos émotions trop enfouies et de calmer votre tourbillon. Le talent consiste ici à revisiter votre tendance à compenser des manques, pour accepter de mieux équilibrer en vous l'être et le faire.

Comme il est bon de savoir que vous pouvez mettre du plaisir dans tout ça, que vous pouvez retrouver le plaisir d'agir sans en faire trop, sans vous épuiser, sans rien attendre en retour. Simplement parce que votre estime de vous-même a retrouvé sa bonne santé.

Regardez ces strates de feuilles et de terre noire que le vent charrie sans discontinuer. C'est le résultat des années où vous avez compensé. Des millions d'actions en trop, des tonnes de surmenage. N'attendez pas que le vent vous couche à terre. Revenez à votre enfance et à votre adolescence, que s'est-il réellement passé pour que vous vouliez toujours faire, montrer ou prouver ? Revenez avec tendresse et amour à qui vous êtes, à cette femme qui a le droit d'être vulnérable et de prendre du repos. Votre enfant intérieur attend de vous un travail en profondeur pour pointer quel

33. LE SOUFFLE DE L'ÉVITEMENT

L'ESPRIT DE LA CARTE

Dans cette carte, la seule saison possible semble être le passé, le présent demeurant trop contracté, plissé, gelé comme en hiver. L'avenir est lointain, inaccessible, pas même en rêve. Ainsi disons-nous à longueur de journée : « Ça ne marchera pas ! » C'est alors qu'un courant d'air vient se glisser dans notre existence et nous emmène ailleurs. À peine une idée se profile à l'horizon, nous voilà en flagrant délit d'évitement. Le talent est alors déjoué, remis à plus tard. « Un autre jour, une autre fois. Quand les temps seront meilleurs, quand le monde aura changé. Quand je serai prête, plus parfaite, plus experte, plus diplômée, plus jolie, plus ceci, plus cela, plus plus plus. »

À force de vivre dans les courants d'air, nous ressemblons à des girouettes. Notre tête vire à gauche puis à droite et nous demeurons constamment débordées, si bien que nous laissons nos graines de talents s'envoler au gré du vent. La plupart du temps, nous savons tout au fond de nous qu'il serait bon de suivre tel ou tel chemin pour mieux nous épanouir. Mais nous sommes rattrapées par le souffle déviant. À peine envisagé, le chemin se change en répulsion. Penser à un quelconque projet devient de ce fait insupportable et nous faisons tout pour ne pas y être confrontées. Nous devenons au fil du temps expertes en aversion, nous sommes prises de nausées à l'idée d'agir et un certain écœurement existentiel peut devenir familier.

LE TALENT EN QUESTION

Sournoisement, cette tendance à l'évitement risque de laminer notre avenir. On dira tout haut de nous : « Chic fille, douée quand elle était jeune, mais elle n'a rien fait de ses dix doigts ! », « Joyeuse, plutôt jolie, enthousiaste mais carrément folle dingue, elle a raté toutes les occasions d'être heureuse ! »

Il suffit parfois d'une personne attentionnée capable de s'asseoir près de nous pour nous écouter pour qu'une transformation puisse s'opérer. Cette transformation vient en réalité d'un véritable travail archéologique et la bonne issue consiste à fouiller le sol, à le dépoussiérer finement pour se pencher sur les os, sur le squelette, sur l'âme ténue qui sent encore le chaud, la vie, l'amour. C'est alors qu'apparaissent de nombreuses croyances négatives cachées sous la poussière sèche.

Cette carte vous invite à renouer avec votre pouvoir d'agir. Ce dynamisme a quelque chose à voir avec la beauté. Est-ce que la beauté d'une vie peut s'apprendre ? Oui, elle le peut. De cette crainte quasi maladive qui vous a appris à ne prendre aucun risque, de cet empêchement tellement puissant qu'il vous a presque ôté votre permis de vivre, vous en faites un talent neuf.

LE GÉNIE EN ACTION

Si vous êtes à bout de nerfs, à bout de souffle, à bout de tout ou si vous êtes prise de palpitations nocturnes, voyez à la longue comme ces choses-là ont de terribles incidences sur votre vie. Mais un soir différent des autres, il se peut qu'un ange vienne vous rendre visite, qu'il vous parle non pas d'une voix aérienne comme vous pourriez vous y attendre, mais d'une manière puissante. Il vous réveille, il vous fustige et vous chante son chant de louange pour croire en vous-même. Il vous montre comment de votre aversion vous pouvez faire un miracle. Voir dans votre tendance à l'évitement le signe d'un conditionnement de l'enfance vous permet alors d'en déjouer les pièges.

Votre génie personnel consiste à éclairer votre histoire et à avancer pas à pas. Transformez vos hésitations en courage. Restez à l'écoute de toutes les aides et de tous les soutiens que la vie vous envoie. Parfois la foi vient à nous par des chemins surprenants !

34. LE VENT FROID DU DÉSAMOUR

L'ESPRIT DE LA CARTE

Hommes et femmes, nous naissons naturellement aimants mais parfois, avec les aléas de la vie, cet amour se trouve fortement dérangé. Voyez cette femme qui pleure, la main repliée sur son cœur, prise au froid d'un vent noir et glacial. Il n'y a pas que dans les films que l'horreur peut nous geler. Dans la vraie vie, certaines ambiances ou certains événements peuvent nous figer sur place. Alors notre corps devient raide, notre cœur devient dur, même notre demeure peut se refroidir.

Les femmes qui ont vécu une jeunesse démunie gardent tout au fond d'elles des sursauts d'espoir. Elles portent en secret une graine magique capable de réveiller tous les bonheurs. Comme cette femme frappée de désamour et dont la main droite tient fébrilement une minuscule graine de chance. Quel feu va-t-elle allumer pour réchauffer son âme, quel renouveau cela va-t-il enclencher pour lui permettre de quitter cette froidure ?

LE TALENT EN QUESTION

Certaines forêts peuvent nous aider à tenir debout lorsque nous nous sentons dépossédées de tout. Le manque devient alors un lieu de puissance. Étrangement, nous commençons à écouter le chant des arbres, à monter à la cime des branches pour y respirer la canopée. Ou bien nous tombons à genoux au sol pour respirer l'humidité de la terre et capter sa force. Progressivement, notre esprit va inventer des solutions qui vont nous sortir de là. Cette carte parle précisément de ce talent, de cette capacité à tenir par grand vent, à agir contre les vagues déferlantes et à trouver un endroit plus clément pour grandir.

À l'image du vilain petit canard, certaines d'entre nous se sentent facilement laides et non conformes. Elles musellent leur inventivité et leur originalité en pensant qu'elles ne sont pas « comme les autres ». Il leur semble que leur cœur ne bat pas comme celui des autres gens, il cogne, il se débat contre lui-même. Elles ont tendance à s'agiter ou à se replier. Elles semblent naturellement attirées par la danse lugubre du vide tant elles sont habituées au rejet, à l'humiliation, l'abandon, l'injustice ou la honte. Elles savent qu'un rien pourrait les anéantir. Pourtant, quelque chose en elles connaît la saveur du doux, cette sorte de moelleux qui peut les sauver. Souvent, elles ont fait le tour des histoires de pouvoir, de sexe ou d'argent, elles savent que ces tabous ont rarement du cœur. Elles refusent d'être des femmes-enfants, immatures, bloquées dans un stade infantile. C'est ainsi que, par un jour plus lumineux que d'habitude, elles décident de quitter pour de bon le pays des souffrances et des mauvais présages.

LE GÉNIE EN ACTION

Ce talent consiste à défaire la pelote de votre passé. Palper les souvenirs, les soupeser afin de saisir ce qui demeure attaché au désamour, regarder de près votre part malade qui vous a conditionnée au pire. La guérison peut s'opérer dès que vous réalisez que vos souffrances doivent cesser. Traverser d'abord. Clore ensuite définitivement. Ne plus s'accrocher, ne plus regarder en arrière, couper, changer de direction, d'entourage, de travail, d'habitation. Quitter pour de vrai la forêt maudite. Sans discuter.

Ainsi vient le temps de votre ré-enchantement. Ainsi vient votre sentiment de paix, la paix des femmes, celles qui aspirent à la délivrance et à la liberté. Femmes battues, soumises, violées, volées, femmes à qui la vie semble avoir tout pris. Démunies ou exclues, vous devenez souvent des guérisseuses hors pair, d'abord pour vous-même, ensuite pour les autres. Parce que vous avez trouvé l'énergie et le courage de guérir de votre profonde blessure de désamour et de couper court aux danses macabres dans lesquelles la vie vous avait plongées. Vous prenez votre temps pour engager des histoires d'amour plus lucides, plus nourrissantes. Vous devenez de merveilleuses compagnes et votre vie intérieure devient à la fois flamboyante et douillette. Si vous prêtez l'oreille, vous entendrez peut-être d'autres femmes discuter ainsi avec elles-mêmes, à la manière d'une amie qui vient prendre de vos nouvelles : « Alors, ma biche, comment ça va aujourd'hui ? On est bien là hein, bien au calme ! » Et si vous approchez de leur jardin, vous apercevrez leurs plantations, leur jungle mystérieuse où, comme des jardinières infatigables, elles cultivent avec amour leur nouvelle vie.

Maternez dès maintenant votre précieuse graine, celle qui est restée cachée au fond d'un tiroir, sous votre oreiller ou dans votre soutien-gorge. Aimez-la, bercez-la. À ses côtés, retrouvez les moindres filaments de vos rêves et de vos projets, même les plus reculés de votre mémoire et laissez-vous guider par votre propre pouvoir de guérison et d'émancipation.

QUATRE SAISONS

LA FEMME, C'EST LA NATURE, ET LA NATURE, C'EST la femme. TLa femme est cycle, germination, floraison, récolte. Elle est le recommencement permanent de la vie. Elle connaît d'emblée le sens des cycles de vie. Il n'existe pas de féminin sans naissance, progrès, maturité, affaiblissement, mort et renouveau. Cette succession de phases compose la vie complète d'un organisme vivant. Elles intègrent la naissance (ou la germination chez les plantes), la croissance, l'alimentation, la reproduction, et enfin la mort. Ainsi, trois grands événements rythment notre vie de femme : les règles, la maternité et la ménopause.

Le temps des femmes semble linéaire, mais il n'en est pas moins cyclique. Les rythmes féminins saisonniers nous rappellent nos fonctions vitales : rythmes créatifs en lien avec les phases de la Lune (nouvelle lune, croissance, pleine lune, lune décroissante) et rythmes de la vie (jeune fille, femme adulte, femme mature, femme sage).

Chaque événement de vie possède son propre rythme et ses propres saisons. Nos amours, nos enfants, nos créativités, notre vitalité, notre corps même, demeurent tous soumis à cette grande loi saisonnière. Souvent les femmes disent : « Là, maintenant, je voudrais juste danser ! » Sachez que quelques mois plus tard, elles vous diront avec le même aplomb, la même foi : « J'ai juste besoin de me retirer et de dormir tout mon saoul ! » Voyez comme la rose se fait bouton, feuilles et pétales rose poudré ! Voyez comme la femme s'épanouit, s'arrondit et devient pleine d'elle-même ! Mais tout fane, tout s'enroule dans la roue immuable du cycle vie-mort-vie.

Cette série nous invite à plonger dans l'antre de la terre pour en regarder les strates. Une à une, suivez vos saisons. Captez l'énergie Printemps qui chante le rêve, la sève et le renouveau. Goûtez les fruits mûrs de l'été avec sa plénitude ensoleillée. Savourez l'abondance de l'automne avec sa générosité quand elle rend à la terre sa récolte. Enfin, profitez du silence de l'hiver, de son dépouillement et de sa douce prière.

LES 4 CARTES **QUATRE SAISON**

35. **La Graine juvénile**

36. **Les Fruits mûrs**

37. **La Récolte automnale**

38. **Le Fil de soie**

35. LA GRAINE JUVÉNILE

L'ESPRIT DE LA CARTE

Nous sommes nombreuses à sentir monter la sève en nous, nous portons l'intuition des bourgeons mais il y a toujours un « mais », toujours quelque chose qui cloche, quelque chose qui nous rend indisponibles, terriblement occupées, maladivement distraites, effroyablement ailleurs. Pour nous les femmes, tenir le fil ténu de nos idées, l'aimer, le chérir, lui porter chance, représente un terrible enjeu. Nous passons tant de temps à récupérer les miettes de nos marottes ! C'est un travail colossal de défaire et refaire une œuvre, de la détricoter parce que les mailles n'ont pas cessé de filer avec le temps. Puis vient ce jour prodigieux où nous nous penchons de plus près sur nos graines. Nous découvrons alors une espèce mystérieuse, aussi brillante que les germes d'un premier amour. Et notre cœur se remet à battre.

Plus question de croire que le printemps va se relâcher ou que rien ne presse pour notre projet. Plus question d'être sous l'emprise secrète de cette petite voix qui dit : « S'il te plaît, ne va pas trop fort. Pas trop de vigueur, pas trop de sève. Laisse-moi somnoler encore un peu ! » Rien ne sert de retenir le printemps de nos idées. Survient toujours une saison où les sous-bois éclatent de chants d'oiseaux.

LE TALENT EN QUESTION

Vous ne voulez guère évoluer, tant mieux, le printemps s'en chargera tout seul. Vous ne pouvez rien faire, il vous réveille, il vous secoue. Tenez-vous au fond du jardin, couchez-vous au fin fond d'une forêt, grimpez au sommet d'un rocher, vous ne pourrez pas échapper à l'énergie printanière. Elle est sursaut, fleur et cascade. Elle est bruissement et chant d'oiseaux. Le printemps rime avec tant de promesses et de floraisons. Avec lui, c'est toujours de votre éclosion dont il s'agit.

Si vous avez tendance à vous vivre comme une femme fragile ou sans idée, trop fatiguée ou trop vieille, soyez rassurée, nous sommes en réalité des fleurs vivaces. Nous refleurissons à chaque printemps. Nous connaissons des cycles longs, des cycles courts, des temps de trempage, des programmes intensifs ou économiques avec peu d'eau, des temps de rinçage plus ou moins longs... C'est ça le printemps des femmes, une gigantesque lessive au grand air. Avec des balbutiements, des allers-retours, des terres en friche, parfois des fleurs et des bulbes en réanimation. Un grand chantier. Et un bon jour, la naissance d'une nouvelle variété de plantes. Drue, vigoureuse et bien verte. Du jamais-vu. Du splendide.

LE GÉNIE EN ACTION

Cette carte interroge sur votre rythmique créative personnelle. Elle vous dit qu'au printemps tout prend vie et que chaque matin est lavé de toute incertitude. Il est temps pour vous d'initier quelque chose, de commencer, de semer, de planter. Vous avez peut-être passé beaucoup de temps à essayer, maintenant faites ! Sentez si cet élan printanier est en phase avec :

- la position de la lune dans le ciel (montante, descendante, nouvelle lune ou pleine lune) ;
- la saison du moment (si besoin, repassez par les quatre cartes des saisons pour bien saisir le déroulement de ces périodes) ;
- là où vous en êtes dans votre cycle de vie (puberté, début d'une vie professionnelle, d'un amour, d'un couple, d'une famille, d'une nouvelle orientation de vie…).

Revenez là où tout a commencé, à l'aube de tous vos printemps. Revoyez votre enfance, votre adolescence, vos jeunes années. Soupesez les graines que vous avez laissées filer entre vos doigts. Évaluez la teneur d'un rêve envolé, d'une graine ordinaire coincée au fond d'un sac ou d'une semence spéciale soigneusement gardée dans un papier de soie. Une graine laissée pour quand vous aurez du temps, quand les enfants seront grands, quand vous serez en retraite… Le printemps ne connaît pas de retraite. Vous avez cru voir dans le sommeil de vos hivers une sorte d'inconscience psychique, en réalité il n'en est rien, votre sommeil était déjà renouveau. Ce sommeil hivernal tricotait en silence la laine vierge d'une nouvelle envie.

Aux côtés de cette femme printanière, conjuguez à votre manière les quelques verbes de vos élans de jardinière : nettoyez, coupez les branches mortes ou abîmées, préparez la terre, faites germer dans un endroit abrité, commandez vos graines, prévoyez vos semis… Puis donnez-vous une jolie permission printanière à travers un grand « Oui » !

36. LES FRUITS MÛRS

L'ESPRIT DE LA CARTE

L'été, les gens prônent le temps des vacances, mais il n'en est rien. Voyez dans les jardins comme la période est active et productive. Si vous écoutez bien les rythmes de la nature, certes vous aimez vous baigner dans les cascades et faire quelques siestes sur les rives des lacs. Mais vous êtes surtout prise de frénésie estivale et avez envie de boire à la fontaine de vie. Toutes vos lumières intérieures incendient vos nuits et votre génie embrasse tout. C'est exactement ce qui se passe si vous écoutez bien l'énergie de l'été.

Ha, le joli bonheur de vos mains et de vos joues ruisselantes d'or ! Le soleil chaud vous va si bien. Vos bras nus et vos robes légères, vos habits jaune soleil et votre teint ambré réveillent dans le monde entier des envies de chaleur et d'enthousiasme épicé. À aimer follement vos graines de femme, attendez-vous à vivre quelques nuits tumultueuses, quelques nuits d'août sur lesquelles pèsent parfois quelques menaces d'orage. Mais le soleil est bon, il réchauffe toutes les ardeurs et toutes les semences. Pourquoi pas les vôtres ?

LE TALENT EN QUESTION

De vos idées, de vos graines, de vos désirs, rien n'est écrit vraiment. Mais tout peut se raconter sublimement, car durant l'été, les paroles dansent comme la lumière sur les graminées. Ainsi connaissons-nous en été des périodes intenses où notre inventivité est à son comble. Nos projets, nos nouveau-nés et nos amours nous occupent à plein temps. Nos floraisons sont multiples et l'abondance de nos plates-bandes explose au grand jour. Tournesols, cosmos, roses trémières, tomates écarlates, abricots juteux... l'été semble dispenser aux fruits et aux fleurs son plein consentement. En vérité, c'est par nous que la nature offre généreusement ses cadeaux, par nos capacités de jardinage. Sans jardinage, pas d'abondance offerte.

L'été réclame l'application d'un maraîchage assidu : maîtrise de l'arrosage, gestion de l'ensoleillement, protection contre les animaux nuisibles, apport d'une bonne nourriture, pose de tuteurs pour les fruits mûrs et les fleurs en profusion... Pour nos talents féminins, c'est pareil. Il est essentiel d'arroser nos jeunes pousses, de les nourrir avec suffisamment d'estime et de confiance en nous, de nous défendre contre nos propres croyances négatives et nos propres découragements, puis d'ensoleiller le tout près de gens nourriciers, d'amis fidèles soutenants ou de coachs éclairants... Inventer une phrase rassurante, écrire une phrase clé capable de servir d'antidote contre tous les pirates de notre créativité, voilà une manière sûre de sécuriser l'expression même de nos talents.

LE GÉNIE EN ACTION

Il est temps de vous réjouir de votre potentiel et d'offrir au monde vos talents. Toute fleur en attente de perfection risque de mourir sans réellement s'épanouir. N'ayez crainte d'oser l'imperfection d'un projet juste abouti, la ferveur d'une éclosion pressante, l'exposition de ce pétale délicat avec son petit défaut tout à fait imprévu… La beauté se cache dans l'urgence de la révélation au monde de qui vous êtes vraiment. Devant vos talents si soigneusement cultivés, vous sentirez monter en vous comme un grand rire réjoui et communicatif. Un hymne à votre créativité et à la femme solaire que vous devenez jour après jour.

En été, tout va plus vite, tout est ragaillardi. Il y a moins de déprime, moins d'espoir perdu, moins de stérilité. Acceptez de vous laisser réchauffer par votre feu créateur plutôt que d'en saisir la brûlure. Osez le plaisir, la joie, la lumière vive d'un cœur radieux. Hier, vous vous languissiez d'apercevoir quelques perce-neige sous la croûte gelée de l'hiver, aujourd'hui vous courez après le temps. Vous redevenez cette petite fille turbulente, vivante et positive. Et c'est tant mieux ! Vous pensez avoir trop de feu en vous, vous craignez de passer pour une femme trop puissante, trop passionnée, voire trop déjantée ! Celles et ceux qui posent sur vous un tel regard ignorent tout de leurs propres promesses d'avenir. Votre femme estivale est en réalité une danseuse de vie, fervente et drôle, amoureuse du monde et de ses créations. Venez vous lover sous la chaleur de son été généreux et ouvrez-vous à l'opportunité d'une pleine abondance. Rassemblez vos nourritures, vos courages et vos poésies d'amour. Vous voilà déjà en train de glisser un coquelicot rouge passion dans vos cheveux. Vous voilà en train de vivre, tout simplement.

37. LA RÉCOLTE AUTOMNALE

L'ESPRIT DE LA CARTE

Jardiner est une activité qui procure de multiples plaisirs : bonheur simple de voir grandir les plantes, joie de contempler ses légumes, fierté de les récolter et de les cuisiner à volonté. Les récoltes sont à leur comble en début d'automne, car c'est l'une des saisons les plus productives. Châtaignes, noix, noisettes, champignons mais aussi raisins, prunes, poires… chaque récolte automnale prolonge le plaisir du jardinage et permet de faire le plein de vitamines avant l'hiver. Pour la majorité d'entre nous, les moissons automnales font partie des meilleurs moments de l'année.

Cette question de la récolte est assez troublante lorsqu'il s'agit du jardin des femmes parce que dans la psyché féminine, l'espoir de récolte semble intact tout en demeurant plus ou moins fantasmé. Dans l'esprit d'une femme « Je rêve d'une bonne récolte » l'emporte sur « Je récolte abondamment ». En regardant la variété et la richesse des dons féminins, comment ne pas s'interroger sur la pénurie quotidienne de nombreuses femmes sur la planète et sur leur tendance à la déception quand elles regardent leur salaire mensuel.

Il existe bien un problème de récolte chez nous les femmes. Le fameux job alimentaire cache sans doute une génération de femmes fortes, libres et indépendantes, capables de tout mettre en œuvre pour gagner leur vie mais maladroites quand il s'agit d'entretenir une bonne relation avec leur propre abondance. Nous n'avons guère de complexe avec l'argent quand il s'agit de tenir les comptes du foyer, mais le sujet devient plus ardu pour débattre de notre rémunération. Même super diplômées et super qualifiées, nous nous sentons démunies pour aborder le sujet délicat de l'argent dans le contexte du travail.

LE TALENT EN QUESTION

Cette carte de La Moisson automnale vous invite à associer succès professionnel, épanouissement personnel et salaire. La fameuse équation énoncée dans l'introduction de ce jeu devient :

Talent = Motivation = Plaisir = Argent.

Cela revient à faire fi du complexe de la bonne élève qui a foi en une certaine méritocratie : « Je dois travailler dur et faire beaucoup d'efforts simplement pour que mon employeur me remarque ou que je sois reconnue par la société ! » Un conditionnement bien pesant sur les épaules alors que semer, arroser, récolter et se reposer restent quatre phases aussi naturelles qu'universelles. Ces quatre phases ont toujours été la quintessence même de notre essence de femme.

Les temps ont changé. Les hommes chasseurs et les femmes cueilleuses se sont transformés en êtres pressés et pressés comme des citrons ! Elles poursuivent leur soif d'indépendance tout en cherchant leur moitié pour la sécurité et l'amour.

LE GÉNIE EN ACTION

La femme automnale est une femme de moisson. Elle vous interroge sur votre talent de moissonneuse. Moisson veut dire recevoir, c'est-à-dire recevoir autant que j'ai donné. Transformez-vous en produit vedette le temps d'une récolte, non pas en devenant courge ou potimarron mais en travaillant sur votre propre logique intime : qu'est-ce que j'offre au monde et qu'est-ce que je reçois en retour. Est-ce équilibré ? Sur quelle énergie serait-il bon de vous questionner : le donner ou le recevoir ?

- L'acte de donner pour oser plus, mieux croire en vous, connaître vos talents, savoir les exprimer, aimer qui vous êtes, avoir un peu de stratégie pour planter vos projets, passer à l'action avec plus d'aisance ?
- Ou l'acte de recevoir pour vous poser, revenir à votre valeur, à qui vous êtes profondément, au juste prix de votre travail, au stop-bénévolat, au calme de la femme tranquille dans sa tête ?

L'automne est plein d'amour. Canalisez votre intention et votre énergie sur la confiance, l'abondance et la paix. En ayant contracté suffisamment de pouvoir en vous-même pour briller de mille feux et fertiliser le monde, vous vous sentirez dans une forme de complétude. Les saisons passeront, les années, les grands cycles de votre existence. Vous n'aurez plus à remplir votre terre et vos graines d'un élixir spécial. Vous serez juste une simple jardinière dans son potager. En prenant conscience jour après jour que l'amour est la fréquence la plus élevée, vous pourrez voir au travers de vos propres récoltes cette simple loi de l'apesanteur : comment opère l'amour que la terre a pour vous.

38. LE FIL DE SOIE

L'ESPRIT DE LA CARTE

Quel secret se cache dans ce paysage enneigé ? Est-il question de faire une pause, d'écouter de nouvelles intuitions, de recharger ses batteries avant un printemps prometteur ? Nous avons tant à apprendre de l'immobilité hivernale, même si la société semble la détester. S'arrêter, se poser ou ne rien faire sont des attitudes devenues presque antisociales. Les hommes courent et les femmes semblent également s'être engouffrées dans cette norme devenue inéluctable : la précipitation. Le temps s'accélère, le stress monte, l'adrénaline est au plus haut. Plus question dans notre monde contemporain de se laisser porter par le ralentissement d'une quelconque saison calme. Et pourtant, que fait la terre en hiver ? Elle se repose. Et que fait la graine ? Elle se régénère !

Cette carte est une invitation à s'asseoir et à parler la langue feutrée de l'hiver, à voir dans l'art se pelotonner bien au chaud quelques signes de simple connivence avec notre nature profonde. L'hiver, tout est patience. La créativité ne tient plus qu'à un fil. Comme le fil de soie d'une toile d'araignée agrippée à une fine couche de gel argenté, qui, telle une larme, tel un bijou de deuil, se met à briller dans nos vies frigorifiées, immobile.

LE TALENT EN QUESTION

Parfois je tourne longtemps autour des mots pour accéder à quelques belles phrases à coucher dans mes livres. Si souvent je cherche à échapper au travail lent de la psyché qui doit descendre profond pour trouver sa source. D'abord je m'active dans tous les sens, je m'apitoie sur mon sort parce que rien ne vient, je me lamente, je m'énerve, je me dis que demain l'inspiration sera là et je finis par aller boire un verre de vin blanc ou me goinfrer de biscuits salés au bar d'en face. En général, je finis toujours par comprendre que ce chemin n'est pas le bon et que c'est quand je reste tranquille que l'esprit me trouve. Rester tranquille pour les femmes actives que nous sommes devenues relève d'une gymnastique presque inconnue. Accepter l'hiver, son temps de silence et de germination invisible, semble carrément aux antipodes de la fameuse course en avant exhortée par la société.

Il est question ici de votre capacité d'introspection, de votre aptitude à faire le point, de votre faculté à faire des liens entre l'expression de vos talents et votre vraie récolte. La jardinière en vous dirait peut-être : « Ce plant de tomates n'a pas donné grand-chose cette année ! » Elle se gratterait le menton, un peu comme une magicienne en quête de formule magique en poursuivant : « L'an prochain, je les change de place, les tomates ont tant besoin de soleil ! » Peut-être avez-vous tendance à abandonner votre jardin intime pendant les périodes hivernales. Et d'année en année, par manque d'entretien, vos jardinières finissent par manquer de charme.

C'est bien en hiver, sous la mousse et le gel, que certaines facultés psychiques vous sont utiles pour mieux comprendre la chimie de l'existence. Parce que dans votre psyché, ce qui est pris pour un temps mort est en réalité d'une vivance inouïe. Rappelez-vous la force extraordinaire des plantes qui ne gèlent jamais, on les appelle les vivaces ! Vous qui voulez améliorer le décor de votre existence, n'ayez pas peur de l'hiver, posez-vous, dormez, rêvez et dormez encore. Ce sommeil phosphorescent est à lui seul un symbole de renouveau.

LE GÉNIE EN ACTION

L'hiver veut dire repli et protection. Voici venu le moment des bonnets, des gants et des écharpes. L'horloge commence à égrener le temps, lentement, très lentement. Vous hâter mènerait à s'engager dans de fausses pistes. Mais reprendre des forces, réchauffer vos os et faire le point sont à l'ordre du jour.

Asseyez-vous, prenez une feuille et un crayon et dessinez deux colonnes. Dans la colonne de gauche, notez tous les efforts que vous avez faits depuis le printemps. Vos actions concrètes, tout ce que vous avez donné et réalisé, ce que ça vous a coûté en termes de temps, d'énergie, d'argent. Dans la colonne de droite, inscrivez votre récolte, c'est-à-dire tout ce que vous avez gagné par vos multiples actions et projets, relations, confiance, finances, compétences, clientèle, renommée… Puis faites des liens entre vos efforts et votre récolte. Quels sont vos constats ? Avez-vous besoin de :

- plus de soleil avec par exemple des gens nourriciers à vos côtés, des amis soutenants, des professionnels éclairants, des parrains et marraines qui vous conseillent habilement… ;
- plus d'eau et plus de nourriture avec des choses qui vous nourrissent comme un bon coach, des cours de sport

revitalisants, des temps de ressourcement à la mer ou à la montagne, des vacances, de l'argent comme une donation offerte soudainement… ;

- de meilleurs plants avec des idées plus faciles à exploiter, des projets mieux pensés, des stratégies mieux réfléchies… ;
- plus de féminin, c'est-à-dire plus de repos, plus d'amour, de réceptivité, de capacité à sentir ce qui est bon pour vous… ;
- Plus de masculin, de force d'engagement, de confiance en vous, d'audace, plus de capacité à faire les choses…

Observez vos deux colonnes afin d'en tirer quelques enseignements utiles pour vos plantations du printemps prochain. Prenez l'engagement intime qui s'impose, là, tranquillement, en vous-même. Car en hiver, vos graines sont encore invisibles, elles dorment dans le secret de la terre.

PÉPITES D'OR

V**OYEZ COMME NOUS, LES FEMMES, AVONS soif de réaliser nos rêves.** Si souvent, nous oublions notre besoin d'eau et de lumière pour nourrir notre propre vie. Parfois, on dirait que nous nous battons contre le vent fou de nos inventions, nous arrêtant d'un seul coup, épuisées, laissant nos projets en friche. D'autres fois, nous paraissons si absorbées par le néant que notre esprit, tout chargé de lassitude et de pages inachevées, pense qu'il n'y a nulle part où aller pour ensemencer notre existence. Alors, sans fil et sans tissage, notre créativité reste morte. N'y a-t-il pas de ressources en nous capables d'insuffler du courage, de la persévérance, de l'appétit, de l'originalité ?

Voici que s'animent dans cette série six qualités utiles pour mieux s'adapter face à la complexité du monde contemporain. Parce qu'il s'agit de réussir notre acclimatation. Porter des bonnes graines en soi est primordial, mais semer ne suffit pas. Notre terre est-elle assez riche, l'orientation bénéfique, l'arrosage accessible ? Nos outils sont-ils adaptés et nos graines bien reconnues ?

Bien des qualités de jardinière peuvent parfois nous manquer. L'image du jardin prend ici tout son sens. Pour semer, nous devons remuer la terre, creuser plus ou moins profond, ôter les cailloux et les vieilles racines. Puis il faut prendre en compte les conditions extérieures : l'adversité du climat, l'orientation du terrain, l'influence des lunaisons, les variations… Nous sommes également contraintes de nous adapter à toutes ces choses pour lesquelles nous ne pouvons rien. Notre capacité de prise de recul devient alors la plus belle pépite d'or que nous puissions posséder. Dans cette série des Pépites d'or, six critères viennent décrire cette aptitude mentale à prendre le recul nécessaire.

LES 6 CARTES **PÉPITES D'OR**

39. **L'Onde cristalline**

40. **Le Sixième sens**

41. **La Perception**

42. **Un Brin d'exotisme**

43. **La Vision relative**

44. **Le Goût pour l'or**

39. L'ONDE CRISTALLINE

L'ESPRIT DE LA CARTE

Cette carte symbolise la qualité mentale de fluidité.

L'attrait pour la poursuite d'un objectif sans se laisser déstabiliser par l'imprévu ou les obstacles mène parfois à l'obstination. Cette persévérance maladive est à l'opposé d'une certaine souplesse capable de nous ouvrir physiquement et mentalement. Nous devenons craintives, nous redoutons le moindre dérangement tout en résistant aveuglément au changement. Or le changement est lui-même inéluctable. Il est la vie même.

Quand les imprévus surviennent, la juste attitude serait d'accepter d'être dérangée et d'accueillir toutes les facettes de la réalité sans pour autant s'y soumettre ou s'y résigner. C'est la permission donnée par l'eau fluide de cette carte, une sorte d'antidote à la souffrance et aux déconvenues amenées par un esprit trop endurant.

LE TALENT EN QUESTION

Lorsque vous devenez trop persévérante, vous perdez l'écoute des autres, vous perdez le lien. Vous vous retrouvez crispée pour avoir raison, résolue à arriver coûte que coûte à vos fins, trop assidue, presque nerveuse. Ce comportement quotidien peut devenir épuisant et néfaste. À trop vouloir persévérer, vous vous renfermez. Or, de par son essence, votre nature féminine est fluide, votre corps de femme est plastique, votre âme est ondulante. Lorsque vous vous déplacez avec cette même souplesse, littéralement vous dansez. L'idée, ici, c'est d'apporter cette qualité à votre mental pour vous permettre plus d'aisance et plus d'agilité dans votre vie quotidienne.

Posséder ces propriétés de limpidité et de fluidité permet de vivre l'instant présent simplement, sans peur, sans anticipation et sans fuir vers trop de projets futurs. Vous vous tenez là, baignée dans la rivière de la vie avec une tranquillité d'esprit propice à toutes les chances et à tous les bonheurs.

LE GÉNIE EN ACTION

Arrêtez-vous un moment pour contempler cette onde cristalline qui s'écoule tranquillement dans cette magnifique rivière. Elle vous invite à expérimenter cette merveilleuse qualité que représente la fluidité. Suivez son courant d'énergie et écoutez son pétillement intime.

Faire de la place à la vie, simplement, c'est parfois juste une question de bon sens. Encore faut-il que vous soyez capable de vous laisser aller. Face aux vicissitudes de la vie, le seul risque que vous pouvez prendre est de devenir souple et fluide comme le flot bleu de cette carte. Vous laisser porter par son eau claire vous guidera vers la beauté même de l'existence pour avancer en paix.

40. LE SIXIÈME SENS

L'ESPRIT DE LA CARTE

Il nous arrive parfois de ressentir une certaine aversion pour la réflexion. L'attrait pour les recettes qui marchent, pour la prise de décision simpliste et rapide, crée d'emblée une sorte d'aversion pour la réflexion. Celle-ci est alors perçue comme compliquée, voire stérile. Certaines d'entre nous ont même tendance à voir dans le fait de réfléchir un goût pour la prise de tête.

Pourtant, il existe dans le discernement et la réflexion l'idée d'un sixième sens capable de comprendre les choses de manière pertinente et subtile, de pénétrer les aspects foudroyants et inexplicables de la vérité. Cette capacité mentale nous rend particulièrement adaptables, non pas pour adopter la pensée des autres et nous y conformer, mais bien au contraire pour ouvrir nos possibles grâce à des pensées positives et motivantes.

LE TALENT EN QUESTION

Qu'est-ce que je peux changer à cette situation ? Qu'est-ce que je n'ai pas compris pour vivre ou revivre telle ou telle situation ? Voilà le genre de question qui rend adaptable au plus haut point. Face à l'adversité, face aux virus, aux guerres et à la folie des humains, quel beau talent que ce sixième sens caché au cœur de notre cerveau préfrontal ! Vous cherchez à mieux comprendre votre collègue de travail, mettez-vous à sa place. Utilisez votre sixième sens et exercez-vous à penser comme lui. Vous voulez rassurer votre banquier pour obtenir un prêt et acheter la maison de vos rêves, faites confiance à votre sixième sens et réfléchissez comme lui. Devenez une femme astucieuse, fine et habile. Et voyez comme la chance avance masquée !

LE GÉNIE EN ACTION

Vous qui aimez comprendre la logique des choses, qui cherchez sans cesse à découvrir qu'elles sont les règles invisibles qui gouvernent les événements, vous dont le rire devient si léger à l'idée de vivre les surprises que vous réserve l'imprévu, sans doute êtes-vous rationnelle plutôt qu'empirique.

Pour vous, tout peut se comprendre. Vous êtes persuadée de l'existence de causes invisibles cachées derrière les péripéties de votre existence. Votre talent est comme un sixième sens capable de percer tous les mystères. Plutôt que d'avoir une vision tranchée et maîtrisée, vous surfez sur les vagues de la complexité et de l'inattendu. Vous pensez profondément que faire l'autruche, c'est reculer pour mieux sauter. Vous regardez les choses en face, sans déni, sans évitement et vous en faites une occasion de rebondir. Votre phrase favorite sonne comme un foisonnement de « Et pourquoi pas ? ».

41. LA PERCEPTION COLORÉE

L'ESPRIT DE LA CARTE

Cette carte représente la capacité à nuancer les événements qui nous entourent. Quand nous sommes remplies de certitudes, nous pensons que les choses sont comme ça et pas autrement. Nos avis sont taillés à l'emporte-pièce et notre mental reste accroché à des croyances. Cet attrait pour des opinions affirmées nous donne à croire que notre propre vision de la réalité est la seule valable et que nos propres perceptions sensorielles sont les bonnes. En étant si tranchées, nous devenons intolérantes tout en prenant le risque de faire des erreurs d'appréciation.

LE TALENT EN QUESTION

Voyez ce paysage coloré dans lequel les arbres, les fleurs, la rivière et le ciel se côtoient dans un tableau coloré. Aucun élément ne prévaut l'un sur l'autre. Aucune couleur ne prétend être la meilleure. Néanmoins, les couleurs restent bien distinctes. Lorsque nous regardons certains événements avec la même perception colorée, notre regard devient plus nuancé. Nous saisissons, d'emblée, toute la diversité du monde tout en distinguant sa pluralité.

Cette carte nous invite à nuancer notre regard, nos avis, nos opinions. Elle invite à distinguer le positif à côté du négatif, à saisir les avantages cachés sous les inconvénients, et vice versa. Percevoir la complexité des êtres et des choses et de leur imbrication permet de redresser certaines situations, de les épurer, tout en révisant nos positions. Ce don de nuance représente une aide considérable pour nous adapter à notre environnement. Il permet d'exprimer notre pensée en faisant sentir les différences les plus subtiles, de corriger un sentiment, de l'amplifier ou de l'adoucir.

LE GÉNIE EN ACTION

La perception colorée, c'est avant tout une histoire d'amour avec ce qui vous arrive, c'est comme embrasser un bouquet de roses pour en saisir tous les parfums. Peut-être a vez-vous tendance à simplifier les choses, à prendre des décisions rapides et commodes. Votre génie consiste à constater combien ce manque de nuances peut engendrer chez vous des positionnements hâtifs, tranchés, simplistes et, au bout du compte, toute une foule de déconvenues.

Vous souhaitez vivre moins de stress avec vos enfants, votre compagnon, vos amis, vos collègues ? Développez votre talent de nuanciation. Vous voulez une vie plus cool, ne jugez pas sans savoir parce que les apparences sont parfois trompeuses. Voici trois questions clés qui peuvent vous aider :

1. Quel est votre besoin non exprimé et sous-jacent dans cette situation ?
2. Comment pourriez-vous nuancer votre point de vue ?
3. Quels sont pour vous les avantages et les inconvénients d'expérimenter cette situation ?

Imaginez que vous êtes une peintre en train de coucher les couleurs d'un tableau. Comment allez-vous faire pour nuancer les bleus. Vous allez explorer le bleu pastel, le bleu indigo, le bleu canard, le bleu turquoise. Si vous vous rendez dans un magasin de matériel d'art, vous allez trouver au moins douze nuances de bleu différentes. Et une fois rentrée chez vous, vous allez peut-être les mélanger et obtenir ainsi encore plus de teintes. Vous voyez, vous allez peindre un tableau coloré. Vous allez peindre la vie dans toutes ses nuances.

42. UN BRIN D'EXOTISME

L'ESPRIT DE LA CARTE

Parfois, prises aux pièges de la routine de notre existence, il nous arrive de nous plaindre ou d'implorer le ciel pour que quelque chose de nouveau arrive. Mais le ciel reste vide. Il a perdu de son attrait et de son intensité. Il est presque devenu fade. Les jours s'écoulent sous le poids de nos habitudes. Il nous semble que maîtriser le connu peut encore nous sauver mais cette peur d'aller explorer l'ailleurs et de changer nos petites manies s'avère finalement stérile. En réalité, notre pensée s'est figée par manque de curiosité. Elle est presque morte par manque de soif et de faim. Nos attitudes routinières et nos comportements automatiques nous ont carrément emmurées.

Parfois, nous sommes habitées par une envie d'exotisme. Nous voilà actives à rechercher les meilleures offres et les meilleurs billets d'avion. En un clic, on se croit aux Antilles à Bali ou en haut de la tour Eiffel. Nous percevons en nous comme une envie soudaine de changement et de nouveauté. Nous partons en voyage, la valise remplie et le cœur léger. Fans d'imprévu et curieuses de tout, nous sortons de chez nous, remplies d'un agréable sentiment de liberté.

Je suis curieuse, un peu, beaucoup, passionnément, pas du tout ! Comment ces quelques mots résonnent-ils en vous ? Est-ce que les couleurs polychromes de cet arbre bleu excentrique vous invitent à contacter en vous l'esprit de découverte ?

LE TALENT EN QUESTION

Voici comment l'esprit de découverte vous parle : « Questionne, interroge, fais preuve d'innovation, invente de l'autrement ! » Investis l'ailleurs, explore la nouveauté, ouvre-toi à de nouvelles expériences ! Certaines choses ne peuvent pas être étudiées dans les livres, personne ne peut t'en informer. C'est en explorant ton existence que tu peux les trouver.

La curiosité est la capacité à s'interroger et à poser des questions, c'est un talent extraordinaire qui réclame du courage et de la volonté pour vivre des expériences inédites. Dans la société actuelle, les idées peu conventionnelles sont souvent rabaissées. Cette qualité de curiosité demeure enfouie au fond de nous, si bien qu'en tant qu'adultes, nous pensons tout savoir. En réalité, agir constamment selon les conventions dictées par la société limite notre propre développement psychologique, intellectuel et spirituel. En taisant notre femme-chercheuse, nous ne sommes plus attirées par la nouveauté et nous ne nous jetons plus à l'eau, comme quand nous étions enfants. Petit à petit, notre esprit s'endort, notre spontanéité s'étiole et nous devenons somnambules.

Depuis le jour de notre naissance, nous n'avons jamais cessé d'évoluer. Vous-même n'êtes pas restée bébé, petite fille ou adolescente, votre corps a grandi. Enfant, vous avez découvert qu'il existait tout un monde en dehors de chez vous. Cette curiosité représente le moteur qui a fait de vous la femme que vous êtes aujourd'hui. Comme la graine qui devient une plante puis un arbre qui grandit constamment, vous vous devez d'évoluer aussi.

LE GÉNIE EN ACTION

L'arbre singulier de cette carte vous parle d'exotisme. Suivez l'aplomb de son tronc, suivez l'originalité de sa ramure. En captant son énergie croissante, vous évoluerez constamment. Non seulement vous vous démarquerez des autres mais vous aiderez le monde à changer. Pour cela, expérimentez des choses nouvelles. Quel désir un peu fou pourrait vous enflammer ? Marcher pieds nus sous la pluie ? Habiter dans un autre coin du globe pendant quelques mois ? Porter une tenue de chamane en plein centre-ville ? Essayer une nouvelle pratique corporelle ?

Prenez le temps de sentir ce qui vibre en vous, de chasser votre femme trop sage, trop conforme. Démarquez-vous là maintenant de cette routine familière vers laquelle vous vous tournez spontanément. Identifiez clairement cette nouveauté, cette fraîcheur attirante, cette eau de jouvence qui va vous rendre belle et neuve. Au début, vous allez peut-être vous sentir bizarre et décalée, mais progressivement, vous allez y prendre goût. Certaines normes habituelles vont se révéler moins bonnes qu'avant et vous n'aurez peut-être plus goût pour certains chemins habituels. Si vous persévérez sur le chemin de la curiosité, ce qui vous semblait brumeux va s'éclaircir. Votre curiosité va vous tendre un fil rouge extraordinaire, un fil capable de vous mener à votre propre bonheur, à votre propre éclosion. Il y a beaucoup d'avantages à être une femme curieuse. Le plus puissant consiste à pouvoir suivre votre propre voie.

43. LA VISION RELATIVE

L'ESPRIT DE LA CARTE

Cette carte dévoile une mer ondulante aux reflets irisés. Des milliers de vagues se brisent sur le rivage et dessinent sur le sable des traces éphémères, car l'instant d'après, d'autres vagues viendront défaire ces traces pour laisser à leur tour d'autres empreintes. Cette peinture marine vient bercer notre âme de femme comme pour nous faire oublier le temps. Le temps est le symbole même de l'impermanence. Nous pensons tant à notre futur ou à notre passé plutôt que de vivre le moment présent. La fleur est également un parfait exemple d'impermanence : épanouie aujourd'hui, fanée demain, elle laissera sa place à un fruit. Le temps et la fleur montrent comment la vision relative se trouve aux antipodes des certitudes, ils témoignent de l'inexistence de vérité intangible en soi. Tout est muable, imparfait, discutable. Tout est relatif.

De nombreux événements sont hors de contrôle dans notre propre vie : perte d'un être cher, séparation, perte d'un emploi, accident soudain, catastrophe naturelle... Nous n'avons alors d'autre choix que celui de faire face. Comment distinguer ce qui est contrôlable de ce qui ne l'est pas ? Pouvons-nous tout contrôler nous-mêmes ? Il est souvent plus simple de laisser les choses aller et de relativiser certaines situations. Ainsi certains diront : « Ça aurait pu être pire ! » là où d'autres se lamenteront encore.

LE TALENT EN QUESTION

La vision relative est une capacité mentale capable de nous détacher de nos certitudes et de nos croyances. Elle s'oppose aux besoins de contrôle et de perfection. Lâcher prise est devenu un concept à la mode synonyme de zen et de méditation. En réalité, la vision relative va bien au-delà d'une simple relaxation. Face à des situations stressantes, elle permet d'assouplir notre regard sur les choses et de trouver de nouvelles perspectives.

Relativiser n'est pas un manque d'engagement ou un manque d'implication. C'est simplement laisser aller les événements sur lesquels nous n'avons aucun contrôle, plutôt que de les figer dans des certitudes absolues ou des sentiments négatifs comme la colère, le ressentiment, le stress ou la jalousie. Quand la négativité prend le dessus, la vision relative peut instaurer une sorte de signal d'alerte dans notre attitude mentale comme pour nous dire : « Ouvre ton regard à 360°, relativise, dédramatise, minimise. Qu'est-ce que tu penseras de cette situation demain matin après que la nuit t'eut porté conseil ? Qu'est-ce que tu en penseras dans dix ans ? Que pourrait en penser un Africain dans sa savane ou un Asiatique dans sa rizière ? »

LE GÉNIE EN ACTION

Vous êtes peut-être du genre Voyageuse passionnée d'éphémère, vous avez conscience que chacun porte son propre regard sur les choses, que toutes les visions, y compris la vôtre, sont relatives et limitées face au réel. Vous savez que votre perception spontanée de votre environnement ne représente pas forcément la réalité tout entière. Votre tendance à vous délester du pire par un simple regard rend votre compagnie bienfaisante.

Cette capacité à relativiser se tient loin des recettes qui marchent, des prises de tête et des discussions stériles où chacun est enraciné dans ses opinions au risque de devenir intolérant. Vous détestez les dogmes, les doctrines, les méthodes et votre peur de commettre des erreurs d'appréciation vous amène à tempérer constamment les événements extérieurs. Votre regard est comme celui du sage : silencieux, infini, paisible.

44. LE GOÛT POUR L'OR

L'ESPRIT DE LA CARTE

Cette carte représente la capacité mentale à construire une opinion personnelle.

La femme dont l'âme et l'esprit sont libres possède une richesse inégalée. Avoir une opinion personnelle est essentiel dans notre vie de femme tant nous avons été conditionnées à exister en nous conformant à l'image sociale ambiante. Combien de fois nous disons « oui » alors que quelque chose au plus profond de nous veut dire « non ». Ainsi préférons-nous souvent penser et agir en fonction de ce qui se fait et de ce qui est acceptable socialement dans un groupe. Nous pensons même que cette attitude peut nous garantir une belle vie. En réalité, cela ne se passe pas comme ça. À la longue, se conformer revient à trahir qui l'on est vraiment.

L'esprit de la carte suggère de stopper notre préoccupation du regard des autres. Elle invite à retrouver le goût de notre or personnel, celui que nous avons extrait de notre propre terre intérieure. Voyez ses pépites étincelantes briller sous un ciel étoilé. L'astre lunaire compose ici, entre ombre et lumière, une toile généreuse porteuse d'abondance et de vérité pure.

LE TALENT EN QUESTION

Tout au fond de vous, quelque chose sait que seule votre vérité personnelle peut vous mener à votre mine d'or. Vous savez prendre position sans soumission ni réactivité. Bien sûr, il vous arrive de vouloir enrichir votre point de vue au contact des autres, en les écoutant et en percevant le bien-fondé de leurs idées. Mais votre esprit aime par-dessus tout distinguer le blanc du noir, dessiner le vrai du faux et écouter en fin de compte la voix de l'esprit libre.

Sans peur du regard de l'autre, sans fierté excessive, vous pouvez exprimer votre opinion même si vous êtes seule à l'incarner. Vous acceptez vos erreurs et vous assumez mieux vos prises de position. Avoir foi dans votre appréciation personnelle des choses et des êtres qui vous entourent vous permet de prendre toutes les décisions inhérentes à votre existence avec tranquillité.

LE GÉNIE EN ACTION

Cette carte invite à ne plus avoir peur du jugement ou des critiques. Votre opinion intime est votre garde-fou, elle représente une assurance tout risque ancrée dans le réel comme l'ancre d'un bateau est rivée dans les fonds marins. Près d'elle, vous ne craignez rien. Vos nuits peuvent être belles et douces parce que vous percez les mystères de la vie en vous forgeant votre propre opinion à partir de quelques questions clés : qu'est-ce que je gagne à toujours vouloir avoir raison ? Qu'en dit mon cœur ? Quelles sont mes émotions, là maintenant ? Quels sont mes besoins ? Quels sont les émotions et les besoins de l'autre dans cette situation ? Quelle est sa bonne raison d'agir ?

Lâchez pour de bon le souci exagéré de votre image sociale et du qu'en-dira-t-on qui peuvent à la longue freiner vos initiatives et vos prises de risque. Prenez votre pelle et votre pioche et rendez-vous dans votre jardin intime. Et sous la clarté lunaire, creusez votre mine d'or. Ramassez les poussières miroitantes de votre vérité intérieure, captez le juste alignement de vos paroles et de vos actes, accueillez toute la lumière de votre authenticité. Versez le tout dans la coupe dorée de votre féminin et savourez qui vous êtes.

CARTE JOKER

45. LES SEMEUSES

L'ESPRIT DE LA CARTE

La carte des Semeuses est une carte Joker. Elle symbolise la moisson universelle qui réunit les hommes et les femmes pour œuvrer ensemble dans la grande toile du monde. Pour sortir de cette terrible maladie qu'est la mondialisation, maladie qui plonge l'humanité dans une mélancolie grave, nous avons besoin, nous les femmes, de devenir plus responsables, de sortir de notre cocon, de grandir et de nous élever à la hauteur de nos aspirations. De nombreuses femmes sur la planète savent comment accéder à une forme de réalité sensible et spirituelle mais oublient souvent de rester ancrées, les pieds sur terre. Même si les talents féminins sont en lien avec les forces de fécondité, d'autres sources d'épanouissement existent.

Ressentir plus de confiance, plus d'estime de soi et disposer de plus d'autonomie de pensée et d'action peut rendre les femmes heureuses. Les graines d'amour que nous portons constituent un trésor inégalable, capable de changer la face du monde. Quelle petite ou grande révolution intérieure pourrait nous pousser, nous les femmes, à retrouver une réelle force d'engagement, à sortir des stéréotypes de genre, des tabous culturels et des fidélités ancestrales pour entrer dans le concret des choses aux côtés des hommes ?

LE TALENT EN QUESTION

Le cycle de la créativité est continu, vous avez beau avoir des cheveux ébène, blonds ou blancs, une peau jeune et lisse ou une peau ridée comme une pomme, vous avez votre propre rôle à jouer. La créativité n'a pas d'âge et la communauté vous espère. Pour la faire avancer, pas de retraite ou de prime d'invalidité, vous êtes attendue. Pas question de contourner la chose, pas question non plus de penser que ce n'est pas pour vous ou que vous avez déjà donné. Les Semeuses vous dévoilent ici les secrets d'un don de soi constant, d'une générosité permanente.

Vous aimez regarder ces Semeuses porteuses de graines d'amour. Vous aimez prévoir qu'elles ensemencent l'humanité tout entière d'une nouvelle abondance faite de respect envers tous les règnes de la nature et de sagesse envers les humains, pour que les enfants, les femmes et les hommes vivent tous ensemble en paix. Alors même que vous les voyez jeter leurs graines au grand vent du printemps, vous voulez savoir ce que pensent ces femmes peintes sur cette carte aux couleurs solaires ? Elles ne pensent pas, elles sèment. Elles ne pensent pas, elles agissent. Elles sont des éternelles jardinières d'amour.

LE GÉNIE EN ACTION

Votre génie consiste à caler votre regard sur une vision plus grande. Ce que vous pouvez faire ? Vous pouvez poser un pas qui donne du sens à votre vie. Un pas qui vous fait avancer, certes, mais qui surtout vous connecte à votre mission d'âme. Il est question ici de prendre votre place dans la grande roue de la vie, de faire fleurir vos talents qui sont là à l'état de germes.

Penchez-vous sur vos propres graines, regardez-les avec amour. S'agit-il d'une graine de rosier, de pommier ou de géranium ? Regardez de plus près. C'est une graine spéciale, n'est-ce pas ? Une graine qui ne ressemble qu'à vous et à personne d'autre. Tenez votre précieuse graine dans votre main, serrez-la sur votre cœur et rejoignez les Semeuses, le nez au vent. Jetez votre graine dans la terre fraîchement remuée. Ne vous souciez de rien. Les femmes et les hommes du monde entier sont en train de jardiner la terre d'un monde nouveau. Et même si l'ancien monde semble résister au changement, quelque chose de plus humain est déjà en route.

À PROPOS DE L'AUTEURE

Monique Grande est l'auteure du best-seller *Féminitude* (éd. Le Souffle d'or) et de nombreux livres et coffrets de développement personnel comme *Les Portes du Féminin*, *FéminiLune*, *L'Oracle de l'Amour* (Le Courrier du Livre).

Pianiste depuis l'âge de 10 ans, elle a enseigné pendant quinze ans au conservatoire de musique et d'art dramatique d'Aix-les-Bains avec des pédagogies actives novatrices pour l'époque. Elle est ensuite devenue musicothérapeute, coach CT Vincent Lenhardt, puis prescriptrice des tests de motivation (VIP2A) à l'Institut de neurocognitivisme. Ces différentes fonctions l'ont amenée à accompagner des femmes en quête d'elle-même ou en réorientation professionnelle.

Forte de toutes ces expériences, elle accompagne aujourd'hui toutes celles qui cherchent à se réaliser sans s'éloigner de leur part féminine. Experte sur les questions de genre et d'identité féminine, elle est connue pour l'efficience de ses coachings en ligne et de ses séminaires intensifs en présentiel.

Plus d'informations : www.feminitude.fr

Page Facebook : Féminitude, l'art d'accompagner les femmes

ŒUVRES PRINCIPALES

2001 : *Féminitude*, coffret illustré par Myrrha t., Éd. Le Souffle d'or.
2007 : *Femmes qui se réinventent*, Éd. Le Souffle d or.
2010 : *Sans amour, qui serions-nous ?*, livre coécrit avec Jacques Dechance, Éd. Le Relié.
2010 : *Quelques jours de la vie d'une femme*, photos D. A. Woisard, Éd. Privée.
2015 : *Les 4 Cerveaux du bonheur*, Éd. Le Mercure Dauphinois.
2015 : *Les Mandalas Bien-être Féminitude*, Éd. Jouvence.
2016 : *Les Mandalas Bien-être Fécondité et Créativité*, Éd. Jouvence.
2016 : *Au jardin d'amour*, coffret illustré par Lucie Yonnet, coffret, Éd. Le Souffle d'or.
2016 : *Les Portes du féminin*, coffret illustré par Lucie Yonnet, Éd. Le Courrier du livre.
2017 : *Les Mandalas Bien-être Amour*, Éd. Jouvence.
2017 : *Les 9 Perles de la déesse*, *L'épanouissement au féminin*, Éd. Jouvence.
2018 : *FéminiLune*, coffret illustré par Gaia Orion, Éd. Le Courrier du livre.
2019 : J*'ose être la femme que je suis*, livre pratique, Éd. Leduc.

À PROPOS DE L'ILLUSTRATICE

Sonia Koch est née au Chili en 1968. Elle a étudié le design à l'Université catholique de Santiago. Il y a seize ans, elle a décidé d'abandonner sa carrière de designer et de se consacrer à son art personnel. Elle a donc travaillé en tant qu'artiste et illustratrice. Malgré les temps numériques, son langage artistique s'exprime à travers le dessin et la peinture sur toile et papier.

Depuis son enfance, son cheminement est très intuitif et silencieux, le dessin et la peinture étant ses fidèles compagnons. C'est dans son regard introspectif qu'elle trouve son inspiration : l'amour, la maternité, la femme, la nature… Les thèmes qu'elle explore se présentent à elle comme un besoin vital d'expression.

En tant qu'artiste-peintre, elle a fait de nombreuses expositions au Chili et à l'étranger, comme à Bogota, New York, Miami, Buenos Aires, entre autres.

En tant qu'illustratrice, elle a collaboré à divers projets au Chili, en Espagne et en France.

POUR ALLER PLUS LOIN

Quelle Semeuse êtes-vous ?

Testez vos motivations avec le TEST DES SEMEUSES
Découvrez vos graines de talents en répondant à quelques questions-clés
Rendez-vous sur *www.feminitude.fr* et cliquez sur TEST

Monique Grande est également prescriptrice du test de motivation VIP2A à l'Institut de neurocognitivisme de Paris (INC France).
Le coffret des *Semeuses* s'appuie sur l'approche neurocognitive et comportementale. Les 8 profils de motivation identifiés par cette approche ont inspiré les 24 Graines de talents ainsi que les 6 critères d'adaptation pour les 6 Pépites d'or. D'autres éléments ont été rajoutés pour créer une exploration plus spécifique de la créativité féminine.

Découvrez le test VIP2A

L'INVENTAIRE DE PERSONNALITÉ ViP2A a été conçu par l'Institut de médecine environnementale (IME-PARIS), centre de recherche multidisciplinaire en neurosciences cognitives et comportementales dirigé par le Dr Jacques Fradin. Cet inventaire met en lumière la dynamique comportementale d'une personne et évalue l'intensité de chaque motivation (persévérance, durabilité, résistance à l'échec) en mesurant quatre dimensions fondamentales : le tempérament, le caractère, l'assertivité et l'adaptabilité.

Le ViP2A analyse les lieux de motivation de manière complète pour obtenir un bilan général sur la personnalité de la personne qui souhaite apprendre à mieux se connaître, trouver sa voie, comprendre ses freins, mieux prendre ses décisions, ou tout simplement mieux s'épanouir. Il peut également répondre à une problématique précise d'ordre professionnel : par exemple, trouver le métier qui nous convient, comprendre pourquoi nous avons peur de changer de voie professionnelle, comprendre pourquoi nous avons fait un burn-out, gagner en efficience dans un poste, travailler avec plaisir... C'est également un bon outil d'orientation pour les jeunes et un outil de recrutement permettant de vérifier la compatibilité d'un profil de candidat à un profil de poste.

L'auteure est prescriptrice certifiée de l'Inventaire de personnalité VIP2A à l'Institut de Neurocognitivisme de Paris.

Plus d'infos sur le site de Monique Grande : www.feminitude.fr

Monique Grande
Illustratrice Lucie Yonnet
Les Portes du Féminin
40 archétypes pour éclairer le chemin des femmes
LE COURRIER DU LIVRE
Les Portes du Féminin
Monique Grande
Illustratrice Lucie Yonnet

La Dame Lune

La Mère originelle

Les Tisseuses

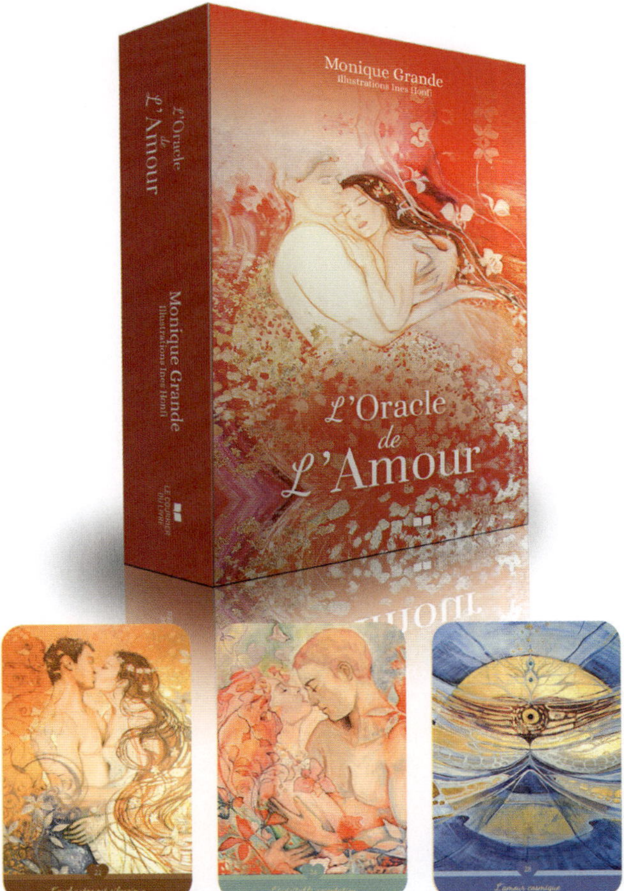
Monique Grande
Illustrations Ines Honfi
L'Oracle de L'Amour